復讐は合法的に

三日市零

宝島社
文庫

宝島社

復讐は合法的に

Case 1

女神と負け犬

ネオンがぼやけて見えるのは、霧雨のせいばかりではない。

濡《ぬ》れたアスファルトに反射する色とりどりの光。鮮やかだが奇妙に音がない、万華鏡のような世界。

新宿の繁華街から一本隔てただけなのに、気付けば辺りには誰もいなくなっていた。麻友《まゆ》が傘も差さず、濡れるに任せているのを気に留める者もいない。

悔しい。悔しい悔しい悔しい悔しい。

こんな時、ドラマだったら優しい彼氏が迎えに来てくれるだろう。だが麻友をこんな状況にしたのは他ならぬその彼氏、厳密には元彼だし——無情にも現れたのは、たまたま道に入ってきた黒服のスカウトマンだけ。

「お姉さーん、キャバクラの仕事とか興味ない？」

俯《うつむ》いたまま答えない麻友に肩を竦《すく》めると、男は麻友の顔を覗《のぞ》き込んできた。

「シカトなんて酷《ひど》いじゃん。俺だってさぁ……」

目が合った瞬間、男がぎょっとした顔で後ずさる。男は舌打ちすると、逃げるように大通りに引っ込んでいった。

雨は冷たいのに、さっきから身体《からだ》が熱い。頭の芯がガンガンと音を立て、頬から熱が全身に広がっていく。

絶対に許さない。いや、許したくない。

自分の怒りは正当だ。怒りに正当や不当なんて種類があるかはさておき――憤慨するに足ることをされたのは事実だ。

涙を拭い、懸命に頭を整理する。

あいつにも同じ苦しみを味わわせてやりたい。いっそ皆の前で、大声であいつがやったことを暴露したら、少しは仕返しになるだろうか。

考えながら、再び目頭が熱くなる。

わかってる。自分は決して、そんな大それた真似はできない。大体、あんな男のために人生を棒に振るなんて馬鹿げている。そんなことはわかっている。

じゃあ一体どうしろと言うのだろう。

どんなに泣いたところで、この無念も悔しさも晴れない。何とか少しだけでも、それこそ最後の悪あがきでも――一矢報いることはできないのだろうか。

「やり返してやる……絶対」

不意に、雨が途切れた。

顔を上げると、麻友の前に女性が立っていた。

その手が麻友に――傘を差しかけている。

女性はもう片方の手に持っていたハンカチを振って広げると、うっすら血が滲《にじ》んでいた麻友の口元をそっと拭った。

「――面白そうね。手伝ってあげましょうか」

陰が差した笑みは、女神のようにも悪魔のようにも見えた。

1

平日の朝っぱらから、中西《なかにし》麻友は部屋の大掃除をしていた。

椅子に掛けっぱなしだった服を集め、クローゼットにしまっていく。ぽっかり空いた左半分のスペースは、元々部屋にあったミニ本棚を移動させて埋める。みっちり詰まったデザイン関係の本の埃《ほこり》を払い、続けて床に掃除機をかけていく。

「年度末の調整」なんて名目で取らされた有休なんてありがたくも何ともなかったが、案外良いタイミングだったかもしれない――

一気に広くなった室内を眺めながら、麻友はふとそんなことを考えた。

休憩がてらコーヒーを淹《い》れ、これまた出しっぱなしだったチェーンバッグをソファーに放る。中身を整理するべくひっくり返すと、はらり、と何かが床に落ちた。

「法律探偵事務所　Legal Research E」

エステサロンのようなフォントで書かれた一枚のカード。

あの雨の夜に貰《もら》ったものだった。

『アタシはエリスっていうの。落ち着いてからで構わないから、ここにいらっしゃい。話、聞いてあげる』

綺麗《きれい》な人だった。モデルのような長身に、さらさらロングのストレートヘアー。切れ長の目に、ギリシャ神話の女神のような彫りの深い顔立ち……。

同時に思い出した。転がった財布を拾い上げ、クリーニング屋の会員証を引っ張り出す。

女性から借りたレースのハンカチは麻友の血で汚れてしまっていた。クリーニングをしてから返したいと申し出たところ、女性は笑顔でカードを指さしたのだ。

クリーニングに出したのは一週間前。とっくに仕上がっている頃である。

どうせ午後は暇だし、直接返しに行くか。

カードの裏にはLとRとEの文字が円形にデザインされたロゴと住所が書かれていた。場所は表参道——「法律探偵事務所」がどんな業種なのかはイメージが湧かないが、法律関係ならきっと安定した会社なのだろう。

ほとんど無意識にため息が出た。

美人でスタイル抜群でオマケに勤務先までしっかりしているなんて、完璧すぎて嫉妬も湧かない。中小企業の派遣社員で食いつないでいる自分と比べるまでもない、完全なる勝ち組、例えるなら天上人。生きている世界が違う。

脳内で勝手に敗北宣言を唱えながら、麻友はのそのそと出かける支度を始めた。


目的地は比較的新しめの雑居ビルだった。エレベーターホール横の案内板を確認し、ワイヤーフレームを編んだような階段で二階に上がっていくと、クリーム色の床の奥、「Legal Research E」の看板と磨《す》りガラスの付いた入口が目に入る。

ドアの前に――制服姿の少女が立っていた。

ちょうど扉を開けようとしていたのか、少女はドアノブに手をかけたまま振り返る。かっちりとした紺ブレザーに深緑色のランドセル。おさげ髪に、小さな顔全部を覆ってしまいそうな丸眼鏡《まるめがね》。いかにも「名門私立小学校に通うお嬢様」という風体。

無言でこちらを見つめる少女に、麻友は恐る恐る歩み寄った。

「えっと……こんにちは。ここのお家の子かな?」

「いいえ。ここは私の家ではありません」

直訳した英文のような返事をすると、少女はドアを開け「どうぞ」と、手招きした。

「私、ハンカチを返しに来ただけだから。誰か大人の人は……」

「依頼人の方じゃないんですか?」

「……え?」

凡《およ》そ普通の小学生からは出てこない「依頼人」という単語に戸惑っていると、部屋の奥から聞き覚えのある声がした。

「メープル、何を玄関先で騒いでんのよ。うるさいわねぇ」

ゆったりとした足取りで現れたのは、あの夜の女神だった。

今日はすっぴんのようだが、変わらず睫毛《まつげ》の長い、派手な顔立ちである。

しかし、前に会った時とどこかが違った。ジーンズにロングTシャツというリラックスした格好もそうだが——具体的には三つ。

一つ目、髪。なぜか今日は短髪になっている。それもショートにしては短すぎる。

二つ目、右手。手首から甲に掛け、なぜか痛々しく包帯が巻かれている。

そして三つ目。多分最も根本的な違い——性別。

そう。一目ではっきりとわかるほど、目の前の人物の体型は明らかに男性だった。

あんぐりと口を開けたままの麻友に、男性がトドメの一言を見舞う。

「アンタ……こないだの濡れネズミちゃん？」

聞き覚えのあるハスキーボイス。もう間違いない——ご本人である。

女神は女神でなく、男神だった。おネエ言葉さえも優雅な——男性だったのである。

革張りソファーに腰掛けながら、麻友は落ち着かない様子で室内を観察していた。

部屋の奥にはヴィンテージ風の木製机と、その上にパソコン類が一式。オフィスチェアの背中側には大きめの窓があり、ブラインドがかかっている。

左右に並ぶ本棚はアンティーク調の布で目隠しされ、直接本の背表紙が見えない造りになっていた。ファンタジー映画に出てくる書斎のような空間である。

右手奥の壁はキッチンに続いており、先ほどの少女がハイテーブルに向かって何か作業している。学校の宿題でもやっているのだろうか。

何だかここ、映画の撮影スタジオみたい。

そう思ったのには理由があった。なぜかテレビカメラが――バラエティ番組で司会者が「一カメさーん」と呼んだ時に映るアレが――部屋の手前隅に鎮座ましましていたのである。一般家庭はおろか、オフィスにも普通は置いてある品ではない。

ふと、視線を感じた。向かいのソファーに腰を下ろした男が、楽しそうにこちらを見つめている。

「それで、今日は一体どういったご用件かしら？」

ごく自然に始まった会話に、麻友は素《す》っ頓狂《とんきょう》な声をあげた。

「あ、はい！　先日お借りしたハンカチを返しに来たんです。クリーニングに出して綺麗にしてきたので……」

「そのためにわざわざ来たの？　律儀ねぇ」

「いえ、あの時は本当にありがとうございました。じゃ、私はこれで……」

麻友はハンカチを男の手に押し付けると、勢い良く立ち上がった。

さっきからどうも嫌な予感がしていた。

妙に大人びた小学生に、おネエ言葉の男性。やたら雰囲気の良いオフィスに、用途不明のテレビカメラ。

このままだとまずいことに巻き込まれる……気がする。

男は慌てて出口に向かう麻友に数歩で追いつくと、「まぁまぁ」と肩を叩《たた》いてきた。

「せっかく来たんだし、ゆっくりしていきなさいよ。話したいこともあるでしょ？」

男と目が合う。僅かに薄い茶色の瞳に一瞬、吸い込まれたように動けないでいると

――男はキッチンに向かって叫んだ。

「メープル、お茶をお願い」

「了解、ボス」

少女は素っ気なく答えると、ぴょん、と椅子から飛び降りた。その様子に、麻友は今度こそ完全に、帰るタイミングを失ったことを理解した。

再び座らされたソファーで、麻友は居心地の悪い思いで身を縮めていた。

何とか冷静さを保とうとはしているものの、疑問が後から後から湧いてくる。

そもそもこの人たち――何なの？

親子には到底見えないし、兄妹にしては年が離れすぎている。男はどう見ても二十代か三十代だし、少女は疑うべくもなく小学生だ。

それにこの部屋。会社なのだろうが、何をする場所なのか見当も付かない。明るさ抑えめの間接照明ですら、来訪者を油断させるための罠《わな》のようで逆に落ち着かない。

「お待たせしました。どうぞ」

引っ切りなしに浮かぶクエスチョンマークが一段落したところで、少女が戻ってきた。お盆を手にしゃがみ込み、完璧な所作でティーカップをテーブルに並べていく。

……これって大丈夫なんだろうか。よくわからないが、児童福祉とかの絡みで。

手元のカードと目の前の顔とを見比べながら、今度は自分から口を開いた。

「あの……あなた本当に、先日お会いしたエリスさん……ですよね」

返事代わりににっこり微笑《ほほえ》む男に、すかさず少女がツッコミを入れる。

「またですか、ボス。わざと誤解を招くような言い方を」

少女は冷たい目で男を睨《にら》み付けると、お盆を抱えたまま深々と一礼した。

「先ほどは大変失礼しました。てっきり依頼人の方かと」

信じ難いが、何となく理解が追いついてきた。堂々とした態度に「ボス」という呼称。どうやらこの少女は、エリスの秘書のような役目を務めているらしい。

非現実的な状況に目を白黒させていると、少女は無表情のまま続ける。

「弊社は法律探偵事務所——要するに調査会社の一種です。依頼に基づいて各種調査を行い、必要に応じて法的なアドバイスをさせていただいております」

法律相談もできる、探偵事務所。

でも、その手の話って確か、資格がないとやっちゃダメだったような……。

困惑が顔に出ていたからだろうか、少女は的確に追加の説明を挟んだ。

「申し遅れましたが、私は秘書のメープル、小学四年生です。この男は所長の衿須《えりす》鉄《てつ》児《じ》。弁護士資格は有しておりますので、ご安心ください」

「フルネームで呼ばないでよ、可愛くない」

的外れな抗議をスルーすると、少女は面倒そうにため息をついた。

麻友は黙ってやり取りを眺めていたが、情報量の多さに目眩《めまい》がしそうだった。

エリスはオネエで、所長で、弁護士で。メープルは小学生で、秘書で。

一体どうなってるのよ、この会社——

叫び出したくなる気持ちを抑え、何とか言葉を絞《しぼ》り出す。

「あの、所長さん」

「エリス」

「……エリスさん」

よろしい、とばかりに頷《うなず》くと、エリスは続きを促した。

「私、探偵事務所に用なんてないですけど、『話したいことがあるでしょ』って……」

「あら、忘れちゃった？　言ってたじゃない。『やり返してやる……絶対』って」

ぶわぁっ、と一気に顔が熱くなった。

「いえ、あれはその、勢いに任せた捨てゼリフというか。お恥ずかしい話なので、わざわざ相談するまでも……」

慌てて釈明する麻友に「あっそ。だったら弁償はしてもらわないとねぇ」と意地悪く呟《つぶや》くと、エリスはスマホの画面を麻友に向けた。

「アンタに貸したハンカチ、ヴィンテージの高級品だったのよ。クリーニング自体がそもそもＮＧで、一度汚しちゃったらもうおしまい。どう責任取ってくれるわけ？」

画像は確かに目の前のハンカチと同じものだった。

そのお値段、何と――驚きの二万五千円！

今度は真《ま》っ青《さお》になった麻友を見て、エリスは悪戯《いたずら》っぽく舌を出した。

「詳しく聞かせてくれるなら、弁償しろなんて言わないわよ。話してみなさい。場合によっては力になれるかもしれないんだから」

2

麻友は六年間付き合っていた彼氏、坂口俊介《さかぐちしゅんすけ》から別れを告げられた。

俊介と麻友は学生時代からの仲だった。同じサークルで一つ年上の俊介と麻友は出会ってすぐに意気投合し、お付き合いをスタート。二人は文字通り、充実したキャンパスライフを送っていた。

転機が訪れたのは、俊介が大学を卒業した頃――麻友の妊娠が発覚したことである。

心当たりは一つあった。前年のクリスマス、二人で温泉旅行に出かけた時、酷く酔った俊介は避妊具を付けるのを嫌がり、麻友も雰囲気に流され応じてしまったことがある。考えられるとしたら、その時しかない。

産むべきか、中絶するべきか――

まだ学生だった麻友には重すぎる問題だった。

親に相談できるような話ではないし、俊介本人も「麻友の好きにしたら良い」と言うばかりで、頼りにならない。周囲の友人は皆、猛反対で、「産む」という選択肢を肯定してくれる人は一人としていなかった。

費用の問題もあった。どちらを選ぶにせよ、少なくない費用が発生する。

俊介の実家は裕福ではないし、本人も就職した直後で終電帰りが連日のように続いていた。これでは到底、お金のことまで相談できない。

悩んだ末に、麻友はバイトで貯《た》めた貯金を取り崩し、中絶手術を受ける道を選んだ。麻友の決断に俊介は何も言わなかったが——どこかほっとしているようにも見えた。

不幸は続くもので——麻友は度重なる心労から体調を崩し、自身の就職活動ができなくなってしまった。

結局、麻友は不安定な派遣社員の職を選ばざるを得なくなり、大学を卒業した。

それでも麻友は満足していた。派遣先が俊介の職場で一緒に仕事ができたことと、卒業を機に俊介と暮らし始めたことが大きい。

一人暮らしにしては広めの麻友の部屋に俊介が転がり込む形で、二人の同棲《どうせい》生活はスタートした。

家賃は二人で折半、家事は全て麻友がやっていた。俊介の仕事は出張も多い激務で、分担したところで家事は滞りがちになるので、麻友の方から言い出したのだ。

部屋を綺麗に整え、彼が疲れている時はいつもより豪華な料理を作り、辛抱強く愚痴を聞いて励ます。学生時代と変わらず近くで俊介を支えられることに、麻友は密《ひそ》かな喜びを感じていた。

生活が安定してくると、気になるのはお互いの結婚に対する意識だった。麻友にも人並みに結婚願望はあったので、本人に直接尋ねてみたことがある。

「ねぇ。私たち二人の将来のこと、どう考えてるの？」

俊介は困ったように笑うと、麻友の頭を撫《な》でた。

「いつか一人前になったらな。約束だ」

その言葉だけで充分だった。

焦らなくても、俊介はいつかプロポーズしてくれる――麻友が漠然と感じていた不安は一気に消え去った。

一方で、俊介の及び腰な態度も気がかりだった。「一人前になったら」と言うぐらいだから、経済的に不安があるうちは踏み切れないのかもしれない。

早速、麻友は専用の口座を作ると、そこに二人の結婚資金を貯めていくことを提案した。

「二人の口座だけど、名義は俊介だから、入出金はお願いするね」

「麻友は本当にしっかりしてるよな。わかった、管理は任せとけ」

俊介は真《ま》っ新《さら》な通帳とカードを受け取ると、頷いた。

「余裕があるほうが入れていく形で、目標は二百万ね！」

俊介は壮大な目標を笑っていたが、麻友は本気だった。そして次の日から――麻友の節約生活が始まった。

外食中心だったランチはお弁当に切り替え、飲み物はマイボトルのみ。光熱費の削減のため、俊介が不在の時はなるべく部屋の冷暖房も付けないよう我慢した。

派遣社員の薄給でペースは遅かったが、工夫の甲斐《かい》もあって、麻友は毎月三、四万円近くを俊介に渡せるようになっていった。

同棲を始めてから一年が経《た》った頃、麻友は出張中の俊介に代わって、自ら銀行に赴いた。何となく記帳した通帳の残高は予想外に多く、五十万円近くになっている。

麻友はますます節約にのめり込んだ。

特売チラシをチェックし、仕事帰りは欠かさずスーパーの見切り品を買いに走る。通信費などの固定費も見直した結果、貯金はどんどんハイペースになり、概算でも百万円近くになっているはずだった。

ある日、麻友は俊介から新宿のレストランに呼び出された。

二人の思い出の場所での待ち合わせに、遂に――と期待したのも束《つか》の間《ま》、切り出されたのは真逆の――別れ話だった。

「お前にはもう全然ドキドキしない。別れてくれ」

何が起こったのかわからず、麻友は頭が真っ白になった。混乱したまま理由を問いただしたところ、判明したのは更に衝撃的な事実。

曰《いわ》く、俊介は「他に好きな人ができた」ではなく「他にも彼女がいた」。それも自分と同棲を始めた直後から。

要するに麻友は——二年間ずっと、二股をかけられていたのである。

「……じゃあ、同棲も解消するってこと？」

「当たり前だろ。業者にはもう頼んでるから、来週には出ていく」

身勝手な言い分だが、既に気持ちは固まっているようだった。麻友は深呼吸して気を落ち着かせると、努《つと》めて冷静に応じた。

「……わかった。でも、貯めてたお金は返してね。結婚資金なんだから」

瞬間、俊介が焦ったように目を逸《そ》らした。

「あんなの、もうほとんど残ってねぇだろ。旅行行ったり時計買ったりしたし」

意味がわからなかった。百万円近くあった貯金が残っていないなんて、そんな——

「……どういうこと？　まさか、あのお金で他の女と遊んでたの？」

「はぁ？　ふざけんなよ、人聞き悪い！　あの金は『二人の』——いや、俺名義の口座なんだから、むしろ俺のだろ。どう使おうが勝手だ！」

激昂《げきこう》した俊介が勢いよくテーブルを叩いた。突然の豹変《ひょうへん》に身が竦んだが、麻友は震える声で言い返した。

「……ふざけないでよ！　貯金してたのだって、ほとんど私なのに！」

「お前が勝手に先走ってただけだろ。貢いだ分の金返せーなんて、今時キャバ嬢にハマったオッサンでも言わねぇよ」

少しも悪びれない態度に、麻友は言葉を失った。さっきからまるで宇宙人と話しているようで、少しも対話ができている気がしない。

何なの、一体何なの。目の前のこの男は——本当に私が好きだった、俊介なの——

俊介が苛立《いらだ》ったように舌打ちした。

「家事だの貯金だので外堀を埋めたつもりかもしれねぇけど、お前のそういうとこ、はっきり言って重いんだよ。節約節約ってケチ臭《くせ》えし、付き合いきれねぇ。……じゃ、話はこれで終わりな」

怒りと混乱とで泣くことすらできず、麻友は呆然《ぼうぜん》とその場に取り残された。何とか気持ちを奮い立たせ、店を出る背中を追いかけたものの——俊介は心底面倒そうに麻友を振り払うと、平手打ちをお見舞いして去っていった。

それが——あの雨の夜の出来事である。

エリスは黙って聞いていたが、話が終わると、半ば呆《あき》れたようにため息をついた。

「……クソ野郎のトリプル役満みたいな奴だけど、アンタもアンタね。女友達から『都合の良い女になるな』って怒られたことなかったの？」

図星だった。何なら女友達だけでなく、男友達からも似たようなアドバイスを貰った記憶がある。

だが、当時の自分は忠告を素直に聞き入れず——後悔してももう遅い。

「尽くすことで逆に相手に依存してしまう、典型的なパターンでしょうね。お気の毒でした」

メープルのやたら冷静なコメントにも、余計にメンタルが抉《えぐ》られる。

「聞いててこっちまで気が滅入《めい》ったわよ、ったく」

エリスは髪をかき上げるように撫でると、こちらに向き直った。

「それで、結局アンタはどうしたいの？　復縁？　それとも復讐《ふくしゅう》？」

ぐっと息を呑《の》む。自分は一体どうしたいのか、あれからずっと考えていた。

考えに考え、堂々巡りの末に出てきた結論は——酷く情けないものでしかなかった。

「……どちらでもないです。今更何もできませんし、諦めるしかありません」

「何それ。悔しくないの？」

「悔しいですけど……でも、どうしようもないじゃないですか」

そう。調べれば調べるほど、はっきりと理解できた。

この国の法律は、彼氏彼女レベルの諍《いさか》いに対して驚くほど無力だ。何一つ味方になってはくれない。

「どんなに付き合いが長くたって、彼と婚約してたわけじゃない。何の権利もない、赤の他人なんです」

貯金の件もそうだ。口座の名義人が俊介で、入出金も彼が行っていた以上、「元は自分のお金だった」と自身で証明するのは不可能である。

「私が馬鹿だったんです。『信頼してるから大丈夫』なんて甘い考えで、直接お金を渡してしまって。彼に嫌われるのが怖くて、なし崩し的なやり方を選んでしまって」

「へぇ。それで諦めるんだ。威勢良く啖呵《たんか》切ってたけど、結局は濡れネズミどころか、とんだ負け犬だったわけね」

負け犬。

辛辣《しんらつ》だが、その通りだった。自分は戦うことすらできず、負けて終わる。でも——

ぽろり、と熱いものが頬を伝った。

別れたあの日よりずっと熱くて、重くて、痛い。

「……やっぱり、悔しいです。できることなら、やり返したい……」

悲しかったし、何より悔しかった。

愛されていると思っていたのは単なる勘違いで。尽くしてきた時間は全て無駄で。

二人のためと信じて貯めてきたお金すらも、全て失って。

それらの事実すら、甘んじて受け入れることしかできない自分自身が。

ひっく、ひっく……と肩を震わせる麻友の頭を撫でながら、エリスは満足そうに頷いた。

「本音、ちゃんと言えたじゃない。裏メニューの出し甲斐があるってもんだわ」

エリスはぱちん、と指を鳴らすと、軽やかに立ち上がった。

「ギリシャ神話にエリスって女神がいるの。アタシと同じ名前。聞いたことある？」

唐突に、脈絡のない話が始まった。慌てて首を振ると、エリスはにこやかに続ける。

「不和と争いの女神よ。有名な話に、こんなのがあるわ」

さながら一人芝居のように、エリスはゆっくりとソファーの向こうに足を進めた。

「エリスは神々の結婚式に呼ばれなかった腹いせに、こっそり会場に忍び込んで、皆の輪の中に黄金のリンゴを投げ込むの。『最も美しい者へ』って書かれたリンゴを」

部屋の端でくるりとターン。洗練された動きの一つひとつから――目が離せない。

「結果はどうなったか。参加してた女神同士が『これは自分宛のリンゴだ』って言い争いになって、最終的にはトロイア戦争に突入。世界は大混乱、死者は続出、もう大惨事よ」

今度は悲しそうに目を伏せる。いつの間にか絞られている照明は――メープルの仕業だ。

「要するに、わざと炎上するようなネタをぶち込んで、まんまと狙い通り、争いを起こさせることに成功したわけ。どう？　なかなかいい性格の女神だと思わない？」

理解はできたが、意図がわからない。エリスは一体どうして、突然こんな話を――

「さて、彼女は余計なことをしたけど、その実、別に悪いことはしていない。ただリンゴを投げただけ。であれば、同じようなことはできそうじゃない？」

エリスはソファーの背もたれに手をかけた。

「ウチの会社のロゴ、EはエリスのEなんだけど……LとRは何かわかる？」

「Legal Research……ですよね」

「表向きはね。でも、本当は――」

エリスは内緒話をするように唇に指を当てると、美しい発音で囁《ささや》いた。

「『Legit Revenge』。日本語で言うと『合法的な復讐』。提供するのは、法律の範囲内で道徳の範囲外のサービス。合法的に、且《か》つ最大限に、相手にダメージを与える方法を考える。これがウチの――裏メニューよ」

合法的に、相手に復讐する。

まさか。そんなことが本当に――

「厳密には悪巧みの相談自体が違法だけど……ここからの話は『次の舞台のシナリオの打ち合わせ』だから、断じて犯罪指南でも、共謀でもない。意味、わかるわね？」

否応なしに、引き込まれる。エリスの世界に。目眩《めくるめ》く彼女の――舞台に。

エリスは再びソファーに腰を下ろすと、優雅に足を組み替えた。

「それじゃ早速、始めましょうか。台本の打ち合わせ」

3

どこかぼうっとした頭のまま、麻友はやっとのことで口を開いた。

「……本当にできるんですか。合法的に復讐なんて」

「もちろん日本で私刑は禁止だから、完璧に合法なやり方なんて存在しないわ。せいぜい『バレても言い逃れが可能』ってレベル。イメージは――アンタがさっきから気にしてる、メープルが良い例ね。年端も行かない子どもを働かせて大丈夫かって、心配してるでしょ？」

キッチンの奥の少女に目をやると、エリスは得意げに続ける。

「アタシはちゃんと法に則《のっと》った形であの子を雇ってるの。具体的には役者として」

狐《きつね》につままれたような気持ちの麻友に、エリスはこほん、と咳払《せきばら》いをした。

「『映画の製作又は演劇事業について、満十三歳に満たない児童であっても就労することができる。テレビや映画に出演している、いわゆる〈子役〉がこれにあたる。児童の健康及び福祉に有害ではなく、かつ、軽易な労働である必要がある』」

条文のようなものを諳《そら》んじると、エリスは自信に満ちた笑みを浮かべた。

「つまりアタシは、小学四年生の佐藤楓《さとうかえで》を、この会社で撮影中の映画作品の助手——メープル役として雇ってるってワケ。さっきのフィンガースナップが撮影開始の合図。カメラ——回ってるでしょ？」

慌てて振り返ると、確かに、いつの間にかカメラの赤ランプが点灯している。設置してあったのはこのためだったのだ。

いや、でもそんなの——ただの屁理屈《へりくつ》じゃないか。

エリスはすっかり冷めた紅茶を口にすると、見透かしたように説明を付け足した。

「ゴネてるだけだ、って思ったでしょ。でもそのグレーゾーンが大事なの。『バレなきゃ合法』なんて暴論を説く気はないけど、バレても言い逃れできる程度にうまく立ち回るのはセーフなんだから」

何となくわかってきた。要するにエリスは——知識とノウハウを使ってギリギリ摘発されないラインを突くプロ、ということなのだろう。

「さて、具体的な話に入る前に、ちょっとしたクイズを出しましょうか。こちらが罪に問われることなく相手に仕返しする方法って、何がある？」

少し考えてみたが、まともな方法は思いつかない。数十秒の沈黙の後、麻友は何とかそれらしい回答を捻《ひね》り出した。

「イタズラ電話とか。それか、匿名でSNSに誹謗《ひぼう》中傷を書き込むとか、ですかね」

「外れ、どっちもアウト。最近はその辺り、すっごく厳しいから」

「あとは……藁人形《わらにんぎょう》で呪いをかける、とか」

「若いのに発想が古いわねぇ」

苦笑いを浮かべると、エリスは手元のバインダーを開いた。

「呪いだの黒魔術だののオカルトに頼る手もあるけど、特定の個人を陥《おとし》れたい場合、大きく分けて手段は二つ。物理的に半殺しにするか、社会的に半殺しにするか。手っ取り早いのは前者だけど……アンタが平穏な人生を送れなくなる可能性があるし、やめといたほうが良いわ。別に彼を血祭りにあげたいワケじゃないでしょ？」

自分が調べた時に出てきた『非現実的な方法』の筆頭がそれだった。気持ちが晴れるとは思えなかったし、そもそも依頼方法がわからない。

「そうなると、社会的に半殺しにするのが妥当なやり方。彼の立場を悪くしていく方向で話を進めるわ」

「でも、うまくいくんでしょうか。彼、仕事でもプライベートでも外面は良いんです。友達も多いですし……」

「問題ないわ。他人からの評価なんて簡単に覆る。いくらでもやりようはあるもの」

エリスは思い出したように顔を上げた。

「ところでアンタ、ＳＮＳはやってる？　投稿はするほう？」

麻友が自身のInstagramの画面を見せると、エリスはつまらなそうに口を尖《とが》らせる。

「色気のないタイムラインねぇ。最終更新が半年前の旅行だなんて」

痛い指摘だが、それぐらいしかネタがないのだから仕方ない。

「彼は？　まだ繫《つな》がってる？」

今度は俊介のアカウントを見せると、エリスは顎に手を当てて何事か考え込んだ。

そのまま二、三、何か操作をした後、スマホを麻友に戻す。

「次ね。彼に何か弱みはない？　ギャンブル癖があるとか酒癖が悪いとか――ＤＶ癖があるとか」

反射的に身を縮めた麻友を見て、エリスは眉を顰《ひそ》めた。

「やっぱりね。最初に会った時に怪我《けが》してたから、気になってたのよ」

「確かに、頭に血が上ると手が出る時がありました。特にあの日は、ほとんど喧嘩《けんか》になってましたし……」

「バッカねぇ。その足で警察に駆け込めば、立派に傷害罪が成立したのに。殴られた時の記録とか付けてないの？」

「日記に付けてた時期もありましたけど、全部ではないです。病院に行くほどの大怪我は一度もなかったので……」

「ちょっと弱いけど……ま、良いや。決定的な証拠にできるものはアタシにも覚えがあるから。ストーリーの骨子はそれで行きましょ」

決定的な証拠にできるものとは何だろうか。確認する間もなく、エリスはテーブルの上にカレンダーを広げ、てきぱきと線表のようなものを描いていく。

「期間は最長でも二ヶ月ね。それ以上は相手に気付かれる恐れがあるから」

エリスの声音が一段と真剣味を帯びた。

「最後に確認だけど——裏メニューは当然、相応にお金がかかるわ。すっからかんのアンタに即時払いは酷だから、今回は分割の後払いで構わないけど、くれぐれも弁護士相手に踏み倒そうなんて考えないこと。アタシはしつこいから、地の果てまで追いかけてでも回収するわよ」

エリスなりの冗談だろうが、目が笑っていない。麻友は慌てて頷いた。

「次に料金体系ね。基本は成果報酬で、大体ボーナス三、四回分ぐらいの心づもりは必要。プラス、策を講じても成功する保証はない。あっちからは一円も取れないかもしれない」

エリスは真剣な表情を崩さないまま、挑むように問いかけてきた。

「どうする？　それでもアンタ——やる覚悟はある？」

想像より遥《はる》かに高かったが、分割であれば払えない額ではなかった。二年で百万円を貯められた自分なら、不可能ではない。

問題はエリスの言う通り、覚悟のほうだろう。

さっきから理性はずっと警鐘を鳴らしている。普通ならやるべきではない。絶対に。

だが、麻友の心は既に決まっていた。やらずに後悔するより、やって後悔するほうがずっと良い。

麻友は頷くと、真《ま》っ直《す》ぐに薄茶の瞳を見据えた。

「……うまく言えないですけど。私自身の尊厳と、未来のために——やりたいです。よろしくお願いします」

勢い良く頭を下げた麻友に、エリスは慈しむように目を細めた。

「依頼成立ね。それじゃ——」

軽やかに響くフィンガースナップ。エリスの、そして私の舞台の——幕が上がる。

「投げ込んでやろうじゃない。とっておきのリンゴを」

4

ベッドに寝転がりながら、麻友は深々とため息をついた。

今日は色々なことがありすぎた。今すぐ寝てしまいたいほど疲れているのに、頭が冴《さ》えてちっとも眠気が訪れてくれない。

布団の中で、先ほどまでの作戦会議を思い返す。


「一気に仕掛けるんじゃなくて、段階を踏むわ。第一幕ではまず、社会的な信用を失墜させる。彼が会社に居づらくなるような工作から始めていきましょう。ちなみに表立って動くのはアタシだけど、アンタにも裏で協力はしてもらうから」

エリスはテーブルから線表を拾い上げると、考え込むように頬杖《ほおづえ》をついた。

「……そうね、まずは宿題から。今日から最優先で取り組んでね」

エリスの出した宿題は二つだった。

「一つ目は、転職活動をすること。それも、自分が本当にやりたい仕事を選ぶこと」

転職活動なんて自分にできるのだろうか。派遣社員の仕事しかしたことがないのに。

「二つ目は、今の住まいから引っ越すこと。二ヶ月後には入居まで完了しておくこと」

こちらも厄介な問題だった。俊介と家賃を折半できなくなった以上、遅かれ早かれ考えなければとは思っていたが――二ヶ月以内は急すぎる。

湧き上がるネガティブな感情を打ち消すように、麻友はぶんぶんと首を振った。

エリスが言うなら、やるしかない。最悪、実家に帰ることもできなくはないのだ。

続けてエリスは俊介の――つまり麻友の職場の人間について尋ねてきた。

麻友はスマホに入っていた飲み会の写真を何枚か転送する。

「会社の人なので、プライベートの連絡先は知りませんけど……」

「問題ないわ。彼と同じ部署の人だけで良い。顔と名前を教えてちょうだい」

エリスは聞き取った名前をメモしながら、ぶつぶつと復唱している。

「彼、出社時刻は何時ぐらい？」

俊介は大抵、始業時刻の四十五分前――八時十五分には到着している。そういうところは真面目なのだ。

エリスは頷くと、持っていたバインダーを閉じた。

「一体、何を仕掛けるつもりなんですか？」

「明日、始業時間の三十分ぐらい前に会社に行けばわかるわよ」

エリスは問いには答えず、意味深に微笑むばかりだった。

改めて考えてみても、冗談のような話だった。夢でなかったことを確かめるように寝返りを打っているうちに、エリスから渡された連絡用のスマホが目に入る。

エリスが何をしようとしているのかはわからない。だがきっと明日の朝、確実に何かが起こるはずだ。

真っ黒なスマホの画面を見つめながら、麻友は段々とまどろみの中に落ちていった。

翌朝、午前八時過ぎ。最寄り駅から歩いて十分ほどの会社の前に、見慣れた建物と見慣れない光景が待っていた。

会社近くのベンチに若い女性が座っていた。遠目でもわかる美人オーラに、この世の終わりのような悲壮感。

間違いない。ボブヘアーに、女子アナのような清楚な出で立ちだが――エリスだ。

思わず物陰に隠れ、様子を窺《うかが》う。エリスは出社する社員たちを注意深く確認しつつ、的確に俊介と同じ部署の社員だけを選んで声をかけている。

「すいません。坂口俊介さんはこちらにお勤めで間違いないですか」

「お話ししたいことがあるんです。お会いするのは無理でしょうか」

昨今、アポイントのない客を簡単に招き入れるほど、企業のセキュリティは甘くない。エリスは入れてもらえないのを承知で、声をかけまくっているのだ。

翌日も、その翌日も。エリスは会社の前で待ち伏せ、社員に声をかけ続けた。

一方、社内は謎の美女の噂《うわさ》で持ち切りだった。フロアのあちこちで無責任な憶測が飛び交っている。

嫉妬からか、男性社員は「完全にやらかしたな」とか「妊娠させたか？」とか言いたい放題だったし、そのうち女性社員まで似たようなことを言い出すようになった。

当の俊介本人は――「あんな女性は知らない、覚えがない」の一点張りである。

その頑なな態度が余計に皆の好奇心を刺激し、噂話を際限なく広げていった。

四日目を迎えたところで、エリスはぱたりと来なくなった。

僅《かし》か三日間に起こった嵐のような出来事――あの女性は結局何だったのか、誰もが首を傾げるばかりだった。

帰宅後、エリスに連絡を入れる。

「朝の待ち伏せはもうやらないんですか？」

「人間、不審なことが続いても『三日』は我慢するわ。あれ以上やったらストーカー規制法に引っかかるし、やりすぎは厳禁。三日間でも充分に効果はあったでしょ？」

確かにその通りだった。

あれ以来、俊介に対する周囲の態度は微妙に変化していた。直属の上司からも注意を受けたらしい。他の皆も、まるで厄介者扱いするかのように、俊介のことを避けている。

たとえ濡れ衣でも、一度定着した悪いイメージを完全に払拭するのは難しい。

社会的信用に確かなダメージを与え、エリスの最初の作戦は幕を閉じた。


週末、エリスから着信があった。

「さてと。今週のは軽いジャブ、種まきみたいなもんね。とっとと第二幕に移りましょう。次は今の彼女との繋がりを断ち切る。彼女、どういう子なの？」

俊介の今の彼女——三宅沙織《みやけさおり》。年は麻友の一つ下で、部署は違うが職場は同じだ。

つまり現状、元彼と元カノと今カノが雁首揃《がんくびそろ》えて同じフロアにいるわけである。昼ドラも真っ青《まさお》な人間関係に、今更ながらため息しか出てこない。

実際、別れた直後はフロアじゅうが麻友たちのことを噂しているようで、会社に行くだけでも苦痛だった。周りの反応など気にせず仲良くする俊介たちの姿にも、余計に惨《みじ》めな気持ちにさせられた。

最近はようやく落ち着いてきていたが——やはり復讐相手が俊介となると、沙織と関わることは避けられない。

麻友はフロアの女子で集まった際に撮った写真を転送した。

沙織は例えるなら「漫画に出てくるようなあざとい女」である。顔やメイクは流行《はや》りの妹系アイドル風で、女子力は高いが——他の女子への対抗心が強く、常に自分が一番注目されていないと気が済まないタイプだった。

聞いた話では、以前も妻子ある上司にちょっかいを出し、トラブルを起こしたことがあるらしい。それでも全く懲りていないのは、俊介の件を考えても明らかだった。

近頃は遊びにも飽きたのか、専ら「結婚して専業主婦になりたい」が口癖で、勤務態度も目に見えて不真面目になってきていた。それで注意されそうになると周囲の男性を巻き込んで騒ぎ、泣きそうな顔で被害者ぶるのが、沙織のいつものやり口である。

男性社員も、沙織の潤んだ瞳で相談されたらひとたまりもない。自分の「可愛《かわい》さ」という武器を最大限に生かし、賢く使えるタイプの女だった。

麻友はなるべく悪口に聞こえないよう言葉を選んだ。

「可愛らしいので、男性社員からは人気があります。ただ……かなり打算的なので、女子社員の間では陰口を言われることのほうが多いですね」

「あぁ、男からはモテるけど女からは嫌われるタイプね」

容赦ないが、的を射た評価である。

エリスは沙織の会社での様子も尋ねてきた。沙織は普段は昼食にお弁当を持ってきているが、毎週水曜は後輩の女性社員とランチに出かけている。行き先は大抵、会社近くのイタリアンだ。

「沙織の後輩とアンタは面識あるの？」

「仲良しというほどではないですけど、業務上、連絡はよく取ってます」

「ＯＫ。参考までに、沙織はどんな男がタイプ？」

男の好みなんて聞いたことがないが、頭の片隅にあった噂話を無理やり引っ張り出してくる。

「確か、元彼が官僚だと聞いたことがあります。一応、俊介も社内ではインテリ扱いなので……知的なタイプが好みなんじゃないでしょうか」

「んー……なるほど。そう……」

珍しくエリスが言《い》い淀《よど》んだ。電話口で何やらうんうん唸《うな》っていたが、やがて諦めたようなため息が聞こえてきた。

「正直、やりたくないのよねぇ。他に方法もなさそうだから、やるけど」

水曜日、エリスからの指示はこうだった。

「昼休み、アンタは外から例のイタリアンを見張ってて。沙織たちが入ったら後輩の子に電話して、外に出るよう仕向けてちょうだい。五分ぐらいで切り上げてくれて良いから」

事前に業務連絡をでっち上げ、指示通りに電話をかける。適当に会話を続けているうちに、エリスからメッセージが入った。

「仕込み成功。そのまま近くの公園で待機して」

電話を切ってベンチで待っていると、突然、後ろから肩を叩かれた。

振り返ると、眼鏡にスーツの若い男性——の姿をした、エリスだ。

「……え。エリス……さん？」

「コスプレみたいで嫌なのよねぇ、この恰好《かっこう》」

エリスは不貞腐《ふてくさ》れた様子でネクタイを緩めると、麻友の隣に腰掛ける。信じられない。イケメンにも美女にも化けられるなんて、そんなのアリか。

「仕込み成功って……何をしたんですか？」

「何って……ナンパだけど」

言いながら、みるみるうちに変化するエリスの表情。愁いを帯びたように、僅かに目を伏せ——エリスは一気に声のトーンを落とした。

「突然失礼します。連れの方が一緒で声をかけられなかったんですが、店に入ってきた時から素敵な方だと思ってました。良かったら連絡先を交換してもらえませんか」

トドメに炸裂《さくれつ》する流し目——控えめに言って反則である。

「それで、教えてもらえたんですか？」

エリスは指でＯＫサインを作ると、無邪気に続ける。

「夜じゃなくて昼のほうが本気の誘いっぽいしね」

そんなことまで計算しているのか。

「『僕のこと、連れの方には内緒ですよ？』……みたいな感じで、最後にオマケでウインクしといたら、真っ赤になってたわよ。可愛いわねぇ」

芝居と知っていてもドキドキするのだから、知らなければ百パーセント騙《だま》されるだろう。自分の見せ方を熟知しているイケメンほど恐ろしいものはない。

「それに『弁護士』って言った途端、目の色変えてたわよ。わかりやすい子ねぇ」

くすくすと楽しそうなエリスを見て、麻友は心の底から思った。

この人が敵じゃなくて本当に良かった、と――


三週間ほどで、転職活動を開始してから初めての面接があった。

報告がてら「Legal Research E」社にも立ち寄ってみる。ドアには「CLOSE」の札がかかっていたが、扉はすんなりと開き――奥の机にいたエリスが顔を上げた。

「今日、面接だったんでしょ。どうだった？」

「緊張しました。うまくいったかどうかはわからないですけど、言いたいことは言えたと思います」

「そう。良かったじゃない」

エリスは再び手元の書類に目を落とした。ふと目に入った机の上、名簿のようなものにマーカーが引いてある。

「意外です。本当に地道な作業の積み重ねなんですね」

「イメージと違った？」

エリスはぐいっと伸びをすると、立ち上がった。

「スマートな復讐なんてありはしないわ。あるのはいつだって、泥臭い裏工作ばっか」

エリスはブラインドの隙間に手をやったまま、ぼんやりと外を眺めている。今更言うのもなんだが、本当に綺麗な横顔だ。

麻友はソファーの定位置に荷物を置きながら呟いた。

「正義の味方も大変ですね」

何となく放った一言だったが、エリスは真剣な顔で振り返った。

「勘違いしないでほしいんだけど。アタシは別に自分がやってることが正義だとは思ってないわよ」

敢《あ》えて無感情に徹しているような口調。動揺する麻友に構わず、エリスは淡々と続ける。

「善か悪かで言ったら間違いなく悪だし、絶対に正当化はしない。アンタもそのつもりでいないと、足元を掬《すく》われるわよ」

それだけ言うと、エリスは再び窓の外に目をやった。

麻友は凍りついたようにその場から動けなかった。

エリスの真意など、わかるはずもない。だが、これだけは言える。

今のは多分――怒ったのではない。全て理解したうえで、釘《くぎ》を刺したのだ。

いくら「合法」を謳《うた》っていても、絶対ではないこと。「自分が正義」なんて考えは傲慢でしかないこと。

だとすると――余計に気になることがあった。

「エリスさんはどうして復讐の手伝いなんてしてるんですか」

真っ直ぐな麻友の問いに、エリスは困ったような笑みを浮かべている。

「色々と理由はあるけど……一番は『嫌いだから』ね」

ゆっくりとソファーに歩み寄ると、エリスは麻友の正面に腰掛けた。

「ドラマとかで『復讐なんて無意味だ。空《むな》しくなるだけだ』ってセリフあるでしょ。アンタみたいなケースだと『相手より幸せになることが一番の復讐だ』みたいな。別に間違ってるとは言わないけど――響かないのよね。少なくともアタシみたいなひねくれ者には」

響かない、とはどういうことだろう。困惑したままの麻友に、エリスはふっと表情を緩める。

「だってそうでしょ？　復讐することで本人が納得できるなら。過去にケリを付けられるなら。それも立派な選択肢の一つじゃない。なのに事情も知らず、綺麗事で一刀両断するような輩《やから》が、アタシは一番嫌いなの」

一気に言い切ると、エリスはどこか遠い目で呟いた。

「とは言え、現実はそう簡単じゃないわ。一番の問題は——人は復讐なんかのために自分の人生を犠牲にしたくはないってこと。でも、ノーリスクで他人を破滅させられるなんて虫のいい話はない。『人を呪わば穴二つ』って言うしね」

エリスは肩を竦めると、再び麻友を見据えた。

「だからもし、リスクを——復讐のためにお金という代償を支払う人間がいるなら——その手伝いをする人間がいたって良い。それが、アタシが裏メニューをやってる理由よ」

言い聞かせるように一つ頷くと、エリスはぱん、と手を叩いて話を打ち切った。

「さて。余計なことくっちゃべってたけど、宿題は終わりそうなの？　来週はいよいよ本命なんでしょ？」

「はい。頑張ります」

小学生のような返事に、エリスは呆れつつもどこか楽しそうだった。

実際、変な言い方だが――麻友も楽しかった。転職活動なんて初めてだったたし、うまくやれているのかはわからない。

それでも、自分のことだけを考え、自分のためだけに動けば良い日々は、麻友にとって新鮮だった。二ヶ月と期間が決まっているのも良い。俊介のことは、エリスが日々少しずつ、確実な一手を打ち込んでくれている。

ここまで協力してくれているエリスに、無様な姿は見せられない――その思いがますます麻友のやる気を奮い立たせた。


「そろそろ一ヶ月ですけど、次は何を仕掛けるんですか？」

エリスからの着信に、麻友は無邪気に問いかけた。

「どんどん元気になるじゃない」と苦笑すると、エリスはふと真面目な口調になった。

「アンタに足りないのは想像力よ。逆に考えなさい。『何を仕掛けるか』じゃなく『望む結果を得るために何を仕込んでおけば良いか』――そう考えれば、自《おの》ずと打つべき手はわかるはず」

望む結果を得るために、仕込んでおくべきもの――

答えを想像する前に、エリスは再び話し始めた。

「はい、時間切れ。第三幕は少し趣向を変えて、細かな嫌がらせを複数仕掛けるわ」

今にして思えば、この頃のエリスが一番楽しそうだった。それぐらい、エリスが仕掛けた工作は、地味だが効果的なものだった。

例えば、エリスは俊介の社用メールアドレスを様々なサイトに登録した。それらは迷惑メールに振り分けられるが、受信ボックスはパンクする。

結果としてメールの見落としが増え、ミスも増加し——俊介が上司から叱責される場面を見かけることが多くなった。

また、エリスは会社の総務部に電話を入れ、俊介の在籍確認を行った。こうすることで転職活動中であるように見せかけ、人事評価を間接的に下げることが可能らしい。

エリスの予想通り、俊介が直属の上司に呼び出されたという噂が流れてきた。やはり、身に覚えのない転職活動について、釈明する羽目になったそうである。

度重なる不運に、俊介はどんどん憔悴《しょうすい》していったが、エリスは攻撃の手を緩めなかった。あの手この手を使って、着実にターゲットに精神的な苦痛を与えていく。

「次は第四幕。今度はプライベートの人間関係を断ち切る。終幕に向けての布石もここで打ち込んでおくわ。明日、アンタにも電話するから。連絡用スマホじゃなくてプライベートのほうね。普通に受け答えして」

エリスの予告通り、翌日の夜八時頃、非通知の電話がかかってきた。

「私、××金融の木之本《きのもと》と申します。中西麻友様の携帯電話でよろしいでしょうか」

「……えっ」

慇懃無礼《いんぎんぶれい》な喋《しゃべ》り方だが、すぐにわかった。この声は間違いなく――エリスだ。

「突然のご連絡で困惑されたことと思います。申し訳ございません」

黙ったままの麻友に、電話の人物は丁寧に説明を続ける。

「坂口様のお借り入れの件で、保証人の欄に中西様のお名前がありましたので、ご連絡させていただきました。連帯保証人ではなくあくまでも保証人ですので、第一の弁済義務は坂口様に存在します。ご安心いただければと思います」

「さっきから話が全く見えないんですけど。保証人って何のことでしょうか」

演技ではなく、心からの言葉だった。

「坂口様から何もお聞きになっていらっしゃらないのですか？　大変失礼しました」

大袈裟《おおげさ》に驚いたような声。麻友にもようやく、相手の意図が読めてきた。

「では、私どもからのご連絡は、坂口様にはご内密に願います」

一方的に話を畳むと、相手はすぐさま通話を切ってしまった。

通話終了後、今度は連絡用スマホに電話がかかってきた――今度こそ、エリスだ。

「今の金融会社の人、エリスさんですよね？」

「バレた？　アンタが素で驚いてるの、面白かったのに」

心底楽しそうな、いつものエリスの声。さっきまでとはまるで別人である。

「びっくりしましたよ。イタズラ電話は意味ないって言ってたのに」

「そりゃ、素人がやればね。プロはそういうの、証拠を残さずやれるもんなの」

エリスはこともなげに言い放った。

「それに全国に一体何人、坂口俊介がいると思ってんの？　アタシがかけたのはイヽタヽズヽラ電話じゃなく間違い電話。たまたま同姓同名の債務者の督促先が、たまたまアンタだったってだけ」

例の如《ごと》く圧倒的な屁理屈をこねると、エリスは「ちなみに」と続ける。

「今の電話は、彼の『学生時代の友人』を中心にかけてるわ。サークルの先輩とか後輩とかね。本当は実家にかけられればベストだったけど」

「……連絡先、どうやって調べたんですか？」

「こないだ、アンタがウチで履歴書を書いている隙に、こっそりスマホから。アンタは『知らない間にデータを抜かれた不幸な被害者』ね、あぁかわいそう」

ちっとも気の毒がっていないことは、顔を見ずともわかる。

「敢えて相手に詳細を言わないことで、不安を煽《あお》る作戦――ですよね。上手だなぁ」

「まぁね。アンタも嫌がらせの極意がわかってきたじゃない。将来有望だわ」

ちっとも嬉《うれ》しくない誉《ほ》め言葉を頂戴したところで、エリスからの着信は途切れた。

しばらくすると、朗報が舞い込んできた。衝撃的な話だが、沙織の件だ。もう少し時間がかかると思っていたが、どうやら沙織は俊介に見切りを付け――既に別れ話まで済ませてしまったらしい。俊介はまだ未練があるようだったが、沙織は嬉々《きき》としてエリスに報告してきたのだ。

もちろん仕向けたのは――他ならぬエリスなのだが。

事務所を訪ねた麻友はエリスに問いかけた。

「特に相手に不満がない者同士を別れさせるのは難しいと思うんですけど……どうやったんですか」

「特別なことは何もしてないわよ。沙織と何回かデートした後、『早く結婚して親を安心させてやりたいから、今の彼とは別れてほしい』って言っただけ」

首を傾げるエリスを見て、麻友は何となく理解した。

沙織の背中を押したのは、間違いなく『結婚』というキーワードだ。結婚願望の薄い俊介が相手では、そこに辿《たど》り着くまでに数年はかかってしまう。

だからこそ、沙織は即座に決断したのだ。優先順位がはっきりしていて、ある意味では清々しいほどである。

あとはエリス側でうまく立ち回るだけだった。自分と俊介との件にケリが着いた夕イミングで、沙織とも一切の連絡を絶つ。

口で言うほど簡単ではないと思うが、できるのだろう。何せ——エリスである。

更に数日後、今度はサークル仲間から麻友宛にメッセージが届いた。グループトークの話題の中心はOB・OG会の相談などではなく——俊介の件だった。

「こないだ、馬鹿丁寧な金融会社の男から電話がかかってきた」

「俺のとこにも来た。保証人がどうのって」

改めて見てみると、グループ内に既に俊介の名前はない。トラブルを避けるため、管理者が先にメンバーから外してしまったのだろう。

「うわ、最低！　自分の借金に先輩後輩まで巻き込むとか、マジ迷惑」

「だよな。とりあえずSNSはブロックしといた」

「麻友、俊介と別れたんだろ？　正解だったな」

最初は『奇妙な電話の被害報告』だった話題は、いつの間にか俊介への苦情と麻友への同情に変わっていった。麻友は返事を打ちながら、微《かす》かな恐怖を覚えていた。サークルの皆までもが、疑心暗鬼になって俊介を糾弾《きゅうだん》している。当人の与《あずか》り知らぬところで、静かに、だが着実に不信感だけが広がっている——

高速で流れていくメッセージを目で追いながら、麻友はエリスの裏工作の効果を嫌というほど実感していた。

周りの人間関係が急速に変化していく中、麻友は麻友で——何とか希望する企業への転職が内定した。

未経験者で職歴も派遣社員のみということで、担当者は当初難色を示していたが、麻友の保持する資格がプラスに働いた。元々、デザイン系の仕事を志望していたため、学生時代から関連する資格は多く取っていたのだ。

初めはアシスタント職なので文字通りゼロからのスタートだが、それでも自分の力で職を摑《つか》み取った喜びは大きい。

気付けば依頼日から一ヶ月半が過ぎ、いつの間にか現職の最終出社日になっていた。皆の前で最後の挨拶をしていると、誰かの視線を感じた。俊介が何か言いたげにこちらを見つめている。

麻友はにっこりと笑みを返しただけだった。

5

土曜日、新居への引っ越し作業が一段落したところに、エリスが訪ねてきた。

「なかなか良い物件じゃない」

「ありがとうございます。狭いですけど、お給料も上がるので、奮発しちゃいました」

麻友は急いで支度を済ませると、エリスとともに家を出た。

今日はこのまま一緒に事務所に向かう予定だった。エリスの話では、終幕に向けて仕上げの餌を撒《ま》くらしい。

新宿駅に到着したところで、エリスは颯爽《さっそう》と電車から降りていった。

「アタシは依頼してた小道具をピックアップしてから行くから、先に行ってて」

首を傾げながらも、麻友は言われた通りに原宿で下車した。表参道までは歩いていける距離である。

休日の原宿駅前は物凄《ものすご》い人だかりだった。すれ違う観光客で道路はいつも以上に歩きづらく、なかなかビルまで辿り着けない。

それでも、麻友の足取りは軽やかだった。

新しい仕事に新しい住まい。もうすぐ自分の新しい人生が始まる。

やり残したことは一つ——俊介とのことに決着をつけるだけだった。

オフィスの扉を開けると、私服姿のメープルがソファーで本を読んでいた。チェック模様のワンピースは年相応の少女らしさ全開で、可愛らしさに思わず表情が緩んでしまう。

「エリスさんは後から戻るって、その……メープルさんに伝えてって」

とは言え、この少女だけは未《いま》だに「ちゃん付け」で呼べる気がしない。自分よりひと回り以上は年下のはずなのに、なぜか気圧《けお》されてしまうのである。

メープルは「承知しました」と短く答えると、キッチンに向かった。

用意してくれた紅茶を飲みながら、麻友はおずおずとメープルに話しかけた。

「あの……聞いても良いですか？」

「私に答えられることであれば、どうぞ」

相変わらず表情を崩さないまま、メープルは読みかけの本をぱたん、と閉じた。

「エリスさんって一体、何者なんですか？」

「変わった人ですよ、見ての通り」

それはわかる。美形でオネエで弁護士なんて、全部盛りにもほどがある。

メープルは少し考え込むような仕草を見せたが、やがて静かに口を開いた。

「屁理屈を並べることとゴネることに関して、天才的な才能を持つ人です。経歴で言うと、中学時代までは米国住まい、高校から大学までは日本で——卒業後に弁護士資格を取得したそうです。数年間は法律事務所にも勤めたそうですが、訳あって退職し、この会社を設立したと言ってました。それ以外のことは私もよく知りません」

メープルは思い出したように付け加えた。

「米国時代はミュージカルに出演していたとも言ってましたね。ただ、その辺りの話は本当かどうか」

充分あり得る気がした。それぐらい、エリスの立ち居振る舞いは堂に入っている。

「あとは——気持ち悪いぐらい、用意周到ですね。最初から全部わかってたんじゃないか、みたいな時がよくあります。その調子で、私生活ももう少しきちんとしてくれるとありがたいんですが」

「ちょっとぉ、欠席裁判？」

どこから聞き耳を立てていたのか、エリスが不服そうな顔で戸口に立っていた。

「さて、最後の仕上げよ。今までの攻撃で、彼は大分参ってる。頼れる人が誰もいない孤独な彼の元に——天使が現れるの」

エリスは大きめの紙を広げると、麻友のスマホを取り上げた。素早く文面をしたため、画面をこちらに向けたまま送信ボタンを押す。

「久しぶり。今日、金融会社から電話がかかってきたよ。何かトラブル？　心配です」

メッセージが既読になった瞬間、スマホが震えた。

——着信だ。

「ったく、無駄に食いつきが良いわね」

エリスが舌打ちしながら、スマホをスピーカーモードに切り替える。

「麻友？　久しぶり。連絡ありがとう」

「……久しぶり。元気にしてた？」

思わず声が震えた。一体、どれだけぶりに俊介と話をしただろう——

感慨に浸る間もなく、エリスが目の前に紙を掲げる。よく見ると、フローチャート型のカンペだった。

「何か、あちこちで勝手に俺の名前が使われてるらしくて。麻友にも電話行ったんだな。誤解を解こうにも、サークルの奴らには拒否られてて、連絡付かねぇし……」

「やっぱりあれ、嘘《うそ》だったんだ。そんなわけないと思ってた」

「当たり前だろ。サラ金なんかに手を出してたまるか」

一瞬だけ、昔の二人に戻ったようだった。麻友の部屋、ソファーでくだらない話をして夜更かししていた時のことが、じんわりと思い出される。

俊介も同じだったのだろう、イライラしていた声音が僅かに優しくなった。

「最近、色々あって参ってたけど……麻友の声を聴いたらちょっと元気出た」

「そっか。よくわからないけど、大変だったんだね」

話しながら、麻友はだんだん薄気味悪さを感じてもいた。これまでの会話が、概《おおむ》ねフローチャート通りに進んでいるのである。

「なぁ。今更かもしれないけど……俺、麻友がいなくなってやっと気付いたんだ。虫のいい話かもしれないけど……」

エリスの表情が変わった。想定より展開が速かったのか、急いでカンペの端に赤ペンで走り書きをしている。

書き終わりを待つ間、沈黙が続く。

麻友は頷くと、エリスが殴り書きした文字をゆっくりと読み上げた。

「……ありがとう。気持ちは嬉しいけど、一度裏切られた相手をまた信じるのは怖いから。ごめんなさい」

「そっか……そうだよな。悪い、変なこと言った。気にしないでくれ」

「ううん、大丈夫。それじゃ……元気で」

電話を切った後も、しばらく手が震えていた。落ち着いて深呼吸をしたところで、エリスに肩を叩かれる。

「お疲れ。良かったわよ。……大丈夫？」

「……緊張しました。別れてからほとんど喋ってなかったので」

言いながらも軽く目眩がしてきたので、麻友は思わずソファーのひじ掛けに突っ伏した。

「冷たい水をお持ちします。少々お待ちください」

「ごめんなさい。引っ越しもあったたし、疲れてるだけです」

冷えたペットボトルを受け取りながら、麻友は力なく笑った。

ほどなくして、エリスはメープルを帰らせた。気まずいわけではないが、奇妙な沈黙に耐えかね――麻友は静かに口を開いた。

「エリスさんは、あの日、どうして私に声をかけたんですか？」

突然の質問に面食らったようだが、エリスはすぐに表情を和らげた。

「正直、ただの痴話喧嘩だと思ったのよ。別に珍しい光景じゃないし」

「じゃあどうして……」

「アタシは男も女もどっちも好きよ。でもね――」

言いながら、エリスの瞳に何かが宿った。熱く暗く根深い――炎のような感情。

「どんな理由であれ、女に手を上げるようなクソ野郎は、ぬくぬくと生かしてはおけない主義なの」

体調が落ち着いたことを確認すると、エリスは麻友の隣に腰掛けた。

「男って、一度後ろめたいことをした相手には殊更《ことさら》に優しくなるわ。まして自分から振った相手――『今でも心の奥底では俺のことが好きだろう』って、都合の良い発想になりがちなのよ。終幕ではそれを利用しようと思ってる」

エリスは慈しむように麻友の頭を撫でた。

「とは言え、無理強《むりじ》いはしないわ。それっぽい復縁願いまで言わせたことだし、ここでやめたってアタシは別に構わない。どうする？　続ける？」

急な提案に麻友は固まった。一瞬の逡巡《しゅんじゅん》の後――結局、出てきた答えは変わらなかった。

「……いいえ。やめません。やります、最後まで」

「良い覚悟じゃない。それじゃ、最後の指令《ミッション》よ」

エリスは立ち上がると、再び一人舞台のように辺りを歩き始めた。

「今、彼は一生懸命考えてる。どうすればアンタを心変わりさせられるのか。できることは多くない――つまり近いうちに必ずもう一度、彼から連絡が来る。直接会って話したいとか言ってくるだろうから、その時はすぐにＯＫしなさい」

振り向いたエリスの表情に、確信めいたものが宿っている。

「――終幕はその日よ。そこで全てが終わる」

優しく、強く、逞《たくま》しく――部屋いっぱいに、エリスのフィンガースナップが響く。

「ショーマストゴーオン。突っ走るわよ、フィナーレまで」

6

「さて、いよいよラストシーン――終幕ね」

新宿の商業ビルの駐車場で、麻友はスーツ姿の男性と対峙《たいじ》していた。相手は俊介――ではなく、弁護士モードのエリスである。

例の電話から一週間も経たないうちに、俊介は再び麻友にメッセージを送ってきた。敢えて思い出のレストランでの食事を提案してきたことからも、何か企んでいるのは明白である。

「その時計で会話は拾えるようにしてるわ。ちゃんと近くでスタンバってるから、安心して戦ってらっしゃい」

渡された腕時計をチェックしている間も、麻友は不安でいっぱいだった。

「ほら、落ち着いて。肩の力を抜く」

あまりにガチガチな様子を見かねて、エリスは麻友の肩を摑んでゆっくりと揉《も》みほぐす。

「客観的な状況だけに目を向けなさい。アンタは既に転職済みで引っ越しも完了済み。たとえ今夜何が起ころうとも、彼が何か仕掛けてくることはできない。でしょ？」

そうだ。もう相手の事情を考慮する必要なんてない。好きなようにやるだけだ。

麻友はゆっくりと深呼吸すると、顔を上げた。

「……行きます」

エリスに小さく手を振り、いつもより広い歩幅で建物の中に入っていく。

「アンタならできるわよ。女優になったつもりでいなさい」

背中越しに聞こえたエリスの声援《エール》が、何より心強かった。


緩やかなジャズ・ミュージックが流れる店内で、麻友と俊介は向かい合って座っていた。薄暗い空間で、テーブルランプだけが僅かに互いの表情を照らしている。

二ヶ月前と全く同じ場所、同じ相手。だけど、何もかもが変わっていた。

お互いの立場が、状況が――何よりも、気持ちが。

久しぶりに会った俊介は随分瘦せてしまっていた。一気に老け込んだというか、以前の潑剌《はつらつ》とした雰囲気は見る影もない。

それこそが、エリスが与えたダメージの大きさを物語っているようだった。

一方、麻友は不思議と落ち着いていた。電話ですらあんなに不安定になったのだから、直接会ったらもう少し動揺するかと思っていたが、そうでもない。

むしろ今は——どこか冷静に、俊介の様子を観察できるまでになっている。

「元気だったか」とか「転職先はどうだ」とか、当たり障りのない会話が一段落した後、俊介は神妙な面持ちで懐から何かを取り出した。

「これ、麻友に受け取ってほしいんだ」

渡されたのはアクセサリーの小箱だった。開けてみると、中身はプラチナのネックレス。大振りのダイヤが縦に三連、小さく煌《きら》めいている。

「これ、可愛いって言ってたろ。お詫《わ》びってつもりじゃないけど——麻友には本当に迷惑をかけちゃったから」

突然のプレゼントは予想外だったが、麻友はすぐに穏やかな笑みを返した。

「……びっくりした。これ、どうしたの？」

「インスタはちゃんとチェックしてるんだよ、俺も」

麻友の笑顔を好意的に受け取ったのか、俊介は得意げに笑った。麻友はごく自然に相槌《あいづち》を打っていたが、頭の中は混乱でいっぱいだった。

なぜなら、後にも先にも——そんな投稿をした覚えはない。

さりげなくスマホを取り出し、高速で画面をスクロールする。

『今人気のネックレス。可愛いけど、今のお給料じゃ我慢かなぁ』

一瞬、自分の目を疑った。確かに自分のタイムラインにはそんな投稿がある。

何これ。何で。私こんなの上げた覚え——

日付はちょうど二ヶ月前。エリスの事務所を初めて訪れた日の夜。

『気持ち悪いぐらい、用意周到ですね』

メープルの言葉が蘇《よみがえ》る。

——嘘でしょ。

エリスは——あんな前から、こうなることを読んでいたというのか。

動揺を悟られぬよう、麻友はゆっくりと顔を上げた。

「ありがとう。……嬉しい」

「それで、実は話なんだけど……」

俊介が何か言いかけたところで、ウェイターが次のメニューを持ってきた。俊介は舌打ちすると、いったん諦めたのか、料理をつつき始めた。

メインディッシュが終わり、デザートが運ばれてきたところで、俊介は改めて先ほどの続きを切り出した。

「さっきので気持ちは伝わったと思うんだけど……もう一度だけ俺にチャンスをくれ

ないか」

セリフまでエリスの予想通りだった。脳内シミュレーションは嫌というほどしてきたし、カンペを出してもらうまでもない。

ただ、エリスは——ここから先の指示は出さなかった。「その時のアンタのテンションで決めなさい」としか言わなかった。

だから、ひょっとしたら。自分は嬉しいと思ってしまうのかもしれない。そんな予感もあった。

だが、返事は驚くほど自然に——スムーズに口をついた。紛れもなく本心からの、今の麻友の思い。

「嫌です。あなたともう一度付き合うなんて、絶対に無理」

「……は？　ちょ、え、お前……」

完全に予想外の返答だったのか、俊介の顔がみるみる紅潮していく。

「ふっざけんなよ、俺がどんな気持ちで、こんな……」

俊介がテーブルを叩いて立ち上がった。がちゃん、と響く激しい音に、周囲の客が一斉に振り返り——店内が水を打ったように静まり返る。

二ヶ月前にも似たような場面があった。あの時は取り乱して騒ぐことしかできなかったが――今は違う。

麻友は冷静に息を整えると、軽蔑するような眼差《まなざ》しで俊介を見据えた。

「大袈裟に騒ぐのはやめて。聞こえなかったならもう一度言う。嫌だって言ったの」

全く怯《ひる》まない麻友に、俊介が目を見開いたところで――スーツ姿の男性が悠然とテーブルにやってきた。

「お食事中に失礼いたします。私、弁護士の衿須と申します。坂口俊介様ですね？　中西麻友様のご依頼で、ご相談に乗らせていただいておりました」

「は？　弁護士？　何で……」

突然の闖入者《ちんにゅうしゃ》に、俊介は麻友とエリスの顔を見比べながら、更に声を荒らげた。

「お前ら、グルなのか？　いや、って言うか！　さっきやったネックレス、返せ！　アンタも見てたろ？　付き合う気ねぇなら、返せよ！」

怒りと混乱から、俊介はまるで癇癪《かんしゃく》を起こした子どものようだった。その姿を憐《あわ》れむように一瞥《いちべつ》すると、エリスは事務的に言葉を継ぐ。

「お気持ちお察しいたします。私も道徳的にはいかがなものかと思いますが――残念ながら贈与契約は完了後ですので、返却しなくても法的には何の問題もございません」

今度こそはっきりと、俊介の顔に怒りが滲んだ。ぶるぶると拳を震わせ――何とか最後の理性を振り絞り、乱暴に椅子に座り直す。

「……そうかよ。じゃあくれてやるよ、ネックレスの一つや二つ。餞別《せんべつ》代わりだ」

「では、ご納得いただいたところで、本題に入らせていただきます」

「こっちは用なんてねぇよ。手短に済ませてくれ」

肩書を疑っているのか、俊介は上から下まで、品定めをするようにエリスを睨み付けている。そのうち襟元のバッジに気付いたのか、表情が一気に強張《こわば》った。

「ご相談の主旨は、坂口様のＤＶについてです。坂口様は交際していた六年間――中西様に日常的に暴力を振るわれていたと伺っております」

「……はぁ？　何だよ、今更。知らねぇよ、そんな昔のこと。証拠あんのか」

エリスは鞄《かばん》からノートパソコンを取り出すと、二人から見える位置に置いた。

「坂口様はこちらの場所に見覚えはございますか？」

画面を覗き込むと、エリスと最初に出会った、あの路地裏の映像だった。

「×月×日、こちらで傷害事件が発生しました。これは付近の監視カメラの映像です」

エリスが映像を戻す。画面の端に女性が現れた。

すぐにわかった。画質は粗いが、映っている女性は――エリスだ。

俊介が気付いた様子はない。画面の中の女性と目の前の弁護士が同一人物だなんて、想像もしていないだろう。

続けて画面に、女性の背後に近づくスーツの男が映し出される。

麻友は自分の目を疑った。

この男には見覚えがある。あの日、麻友に馴《な》れ馴《な》れしく話しかけてきた――スカウトマンだ。

男は女性の肩を叩いたが、女性は首を振って小走りで逃げ出した。そのまま追いかけてきた男に腕を引っ張られ――弾《はず》みで女性は地面に転倒した。

「男はキャバクラのスカウトマンで、しつこく女性に付きまとっていました。この転倒で女性が手首を痛めたため、傷害事件として被害届が出されています」

「……それが俺と何の関係があるんだよ」

エリスは更に映像を戻した。そのうち画面中央に一組の男女が――あの日の麻友と俊介が現れる。

映像を再生する。流れたのは、俊介が麻友の頬を平手打ちする瞬間。

俊介の顔色が変わった。

「私どもは被害女性の依頼に基づき、監視カメラの映像を入手いたしました。確認のため、前後の映像も検分していたところ――たまたまこの場面が映っていたというわけです」

エリスは冷たい笑みを浮かべると、俊介の顔を覗き込んだ。

「いかがでしょう。こちら、立派な暴行罪ですが」

突然の展開に、麻友も頭がうまく回らなかった。

えぇと、つまり――エリスはあの日、自分が俊介に殴られた直後。たまたま、あのスカウトマンに怪我をさせられた、ということか。

――いや、違う。

思い出していた。最初に麻友が事務所を訪れた時、エリスは右手首に包帯を巻いていた。あれは――この時の怪我が原因だったのではないだろうか。

思い出していた。一緒にオフィスに向かった日、エリスが『小道具をピックアップする』と言って途中下車したのは新宿だった。小道具とは――監視カメラの映像だったのではないだろうか。

全ての出来事が、信じ難い結論に収束していく。

間違いない。エリスは――監視カメラの映像を後で合法的に手に入れるために、わざと同じ場所で騒ぎを起こしたのだ。

その時点では事務所に来るかどうかわからない――依頼人ですらない人間のために。

俊介は真っ青な顔で口ごもったが、エリスの追及は緩まない。

「中西様側でも、暴力を振るわれた際の記録は付けられております。この映像と合わせて、ＤＶの証拠として立件可能でしょう。刑事裁判になりますので、手続きについては後日改めて連絡を……」

「ちょ、ちょっと。ちょっと待ってくれ。裁判だなんて、そんな大袈裟な……」

俊介がエリスに摑みかかった。エリスは心底意外だ、という顔で「おや」と呟くと、わざとらしく首を傾げた。

「裁判は都合が悪いということでしたら、示談という選択肢もございますが。念のため、そちらの書類も揃えてきております。示談に伴う慰謝料ですが、婚姻関係にない方同士ですと、相場は五十万円です」

俊介は慌てて振り返ると、すがるような目で麻友に訴えた。

「勘弁してくれよ……麻友、冗談だよな」

真っ直ぐに俊介の目を見据えたまま、麻友はその日一番の笑顔で微笑んだ。

「うぅん。示談に応じてもらえないなら、刑事裁判で進めてもらうつもり」

「いかがなさいますか？　慰謝料については、ネットバンキング等で今すぐお振込みいただいても良いですし、一週間以内であれば後日でも構いません。その場合、完了するまで職場の近くで待たせていただく形になりますので、ご了承ください」

「謎の美女待ち伏せ事件」もあり、これ以上会社の近くで騒ぎを起こされても困るのだろう。俊介は唇を嚙《か》みしめると、がっくりと項垂《うなだ》れた。

「こんな、こんな……ちくしょう……」

7

並木道の向こうに季節外れのイルミネーションが煌めいている。道行くカップルを歩道橋の上から眺めながら、麻友とエリスは最後の反省会をしていた。

「あのスカウトマン、エリスさんの仕込みだったんですか？」

「そんなわけないでしょ。元気なお兄さんがいたから、利用させてもらっただけ。強引なスカウトで迷惑かけてたみたいだし、お灸《きゅう》も据えてやりたくてね」

あっけらかんとしたエリスの返事に、ふと一抹の不安がよぎる。

「まさか、本当にあの人が逮捕されたりとか……」

「ちゃんと示談で済ませてあるわよ。心配性ねぇ」

鼻で笑うエリスに、麻友は堪《こら》えきれずに吹き出してしまった。

歩道橋の上に響く本気の笑いを打ち切るように、エリスが咳払いする。

「それで、今回の成果だけど──ターゲットの社会的信用の失墜。今カノと元カノとのダブル失恋。プラス、経済的損失がざっと五十万。既に振込まで完了済み。大した額じゃないけど、ネックレスと合わせれば、引っ越し代と転職活動代ぐらいにはなるでしょ。まずまずの出来ね」

　真剣な様子で指折り数えていたエリスが、顔を上げた。

「どう？　少しはすっきりした？」

「……はい。多分」

　麻友自身、よくわからなかった。今の胸のうちを、一体何と呼べば良いのだろう。

「じゃ、これが一連の請求書。約束通り、分割の後払いね」

　エリスは懐から封筒を取り出すと、麻友の手に握らせた。どこか呆《ほう》けたままの麻友から手早く連絡用スマホを回収すると、エリスはこつん、と麻友のおでこを小突く。

「他の件までバレたら面倒だし、アタシとアンタが会うのはもうこれっきり。支払いは振込で大丈夫だから」

　意外なほどにあっさりとした態度に思わず顔を上げると、エリスは少しかがんで麻友に視線を合わせた。

　薄茶の瞳が——女神の慈愛に満ちている。

「自信を持ちなさい。アンタは自分で思ってるより、遥かに逞しいんだから」

　エリスは指を鳴らすと、軽やかなステップで歩道橋を渡り切り——一度も振り返らずに階段を降りていった。

一人残された麻友は、しばらくその場に立ちすくんでいた。

すっきりしたにはすっきりした。後悔はしていない。だが。

覚悟はしていたが、やはり――重い。

手元の封筒が、嫌でも自分のやったことを思い出させる。

少なくない金を払って憎い相手に復讐する――真っ当な人間であれば決して選ばない道だ。今となっては俊介と自分、どちらが酷いことをしたかなんて、比べることはできない。

それでも、自分は確かに救われた。

過去にケリを付け、きちんと前に進めたのだから――たとえどんなに道徳から外れていようとも、自分にとっては必要な行為だったのだ。

何よりエリスは――そんな自分を肯定してくれた。

目を瞑《つむ》ったまま封筒を開く。これから先の未来のボーナス三、四回分――百万円以上の大金を一気に使うなんて、生まれて初めてのことだった。

覚悟を決めて目を開けた瞬間、呼吸が止まった。

書いてあったのは、たったの一行。

「ハンカチ代　二万五千円」

慌てて地上を探したが、エリスの姿はもうどこにも見当たらなかった。

一週間後、「Legal Research E」社の執務室。

メープルは請求書の控えを見つけ出すと、普段の無表情からは想像できない、鬼の形相で雇い主を睨み付けた。

「ボス。また今回もタダ働きですか」

「タダじゃないわよ。ハンカチ代、振り込まれてたでしょ？」

「稼働期間と費用に見合ってません。先月の売上を丸ごと吹っ飛ばす大赤字です」

「ま、良いじゃない。悩める乙女が一歩前に進めたんだから」

「そういう問題じゃ……」

見計らったようなタイミングでインターホンが鳴る。メープルは不服そうに口を結ぶと、ぱたぱたと入口に駆けていった。

「すいません、相談の予約をしていた者です」

ドアの向こうに女性が立っていた。女性はメープルを見て僅かに驚いたようだが、意を決した表情で中に入ってきた。

「ご相談事項は『その他』と伺っておりますが、具体的にはどういった内容でしょうか。当社は法律相談にもノウハウはありますが……」

メープルの説明にも、女性はじっと黙っている。ただならぬ様子にエリスは全てを察し、にっこりと笑みを返した。

「ひょっとして、裏メニュー？」

頷く姿は弱々しいが、女性の目には確かな決意が宿っていた。その様子に、エリスはどこか穏やかに目を細める。

そう。どんなに綺麗事で否定されようとも、決してなくならない。

「何とかして相手に復讐してやる」という強い思い。

それは確かに存在するのだ。ならば、拾い上げて応援するのが――不和と争いの女神の本懐というものだろう。

とは言え、これだけは事前に聞いておかねばなるまい。彼女の思いと、その強さは。

エリスは優雅に小首を傾げると、挑むような口調で問いかけた。

「アンタ、本当に覚悟はあるの？　ウチが提供してるサービスって――

――法律の範囲内だけど、道徳の範囲外よ？」

Case 2

副業《サイドビジネス》

1（ある携帯ショップ店員）

「自分以外はみんな馬鹿」と、感じることが多い。

馬鹿というのは言いすぎかもしれない。だが、世の中にはどうも工夫が足りないと言うか、詰めが甘い連中が多い。

悪意や悪戯心、少しでも得をしたい気持ちは誰しもあるだろう。だからと言ってそれをストレートに表出させたところで、碌《ろく》な結果にはならないのだ。

新宿区の外れ、大通りから一本入った道にあるファストフード店。モーニングからランチメニューに切り替わった直後の時間帯で、店内にはサラリーマンや学生の姿が目立つ。

レジ付近にいた俺は、商品受け取りカウンター前の男が何をしでかすのか観察していた。

男は腕を振り回しながら喚《わめ》いていた。商品の入れ間違いでもあったのかと思いきや——男のスマホの画面が目に入り、何となく事態を理解する。

男は他人が注文した商品を掠《かす》め取ろうとしていたのだ。呼び出しパネルに表示された番号と同じ番号の画像――スクリーンショットを準備して店員に見せ、本物の注文主が気付く前にピックアップする手口である。

店側では提供済み扱いになるが、注文主からすれば、待てど暮らせど自分の商品は出てこない。文句を言ったところで時既に遅し、というわけである。

考えられた手口だが、残念ながらタイミングが悪かった。番号に気付いた注文主がカウンターに来た、正に目の前で横取りを敢行してしまったのである。

オマケに――相手まで悪かった。

本物の注文主は何と、強面《こわもて》のオッサン。剃《そ》り上げられた頭と左頬の大きな痣《あざ》を見るに、本当にそっち方面の人間かもしれない。オッサンは入り口付近で仁王立ちしたまま、男の退路を完全に塞いでいる。

奥から出てきたスタッフ二人に挟み撃ちされたところで、男はようやく大人しくなった。観念したように両手を挙げ、泣きそうな顔で項垂れている。

俺はチーズバーガーセットを受け取ると、巻き込まれないうちにさっさと店を出た。背中越しに男が「違う！」と叫ぶ声が聞こえたが、何も違わないのは明らかだろう。

外に出たところでひゅう、と強い風が吹いた。十二月も半ばに差し掛かり、一気に寒くなってきている。

指先でつまんでいたテイクアウト用の紙袋を抱え直して暖を取ると、袋の隙間から安っぽい油の香りが立ち上った。

職場への道はほぼ毎日通っているはずだが、未だに並びの店を覚えられない。行き帰りに立ち寄ることはないし、覚えなくても生きていけるので覚える必要もない。

歩きながら、先ほどの大捕物を頭の中で反芻《はんすう》する。

一言で言うと、酷かった。とにかく全てのことが、なってない。

まずはリスクに対するリターンの少なさ。横取りがうまくいったところで、儲《もう》かる金額は千円以下だ。露見するリスクと天秤《てんびん》にかけるような金額ではない。

もう一つ。悪事を働く上で一番大事なこと――「いかに言い訳の余地を残したうえで事に及ぶか」が、全くなってない。

静止画を見せるなんて「私はあなたを騙すつもりです」と宣言するようなものだ。バレるバレないは運次第としても、いざ問題になった際に過失――つまり「うっかり」を主張できないではないか。

「悪事を働くなら逃げ道を残せ。できないなら悪いことはするな」

自分なりの美学を小声で呟いたところで、前方に職場のビルが見えてきた。

開店前の携帯ショップは独特のシュールな雰囲気がある。並べられた端末モックや機器類だけが存在感を放ち、どこか廃墟《はいきょ》めいているせいだろう。

タイムカードを押し、出勤してきたスタッフを集めて朝礼を行う。今日は人数も多いので、溜《た》まっていた事務仕事を一気に進められそうだ。

バックヤードに引っ込み、自席に着いたところで——主《あるじ》不在の机が目に入った。先月から私傷病休暇に入った、店長の席だった。

私傷病と書くと何やら物々しいが、要するにメンタルをやられたのである。上からも下からも、時に客からも責められる中間管理職は、優しすぎる彼女の精神を容赦なく削っていった。

特に最後の一ヶ月は、何を聞いても「大丈夫」としか答えないので、いよいよまずいと心配していたところで、悪い予感は当たってしまった。倒れた直後も「ごめんなさい、ごめんなさい」と繰り返し謝る姿は痛々しく、とても見ていられなかった。

日本企業が社員を大事にしないことなど百も承知だが、それを差し引いても携帯業界は入れ替わりが激しい。おかげで、俺はたかだか勤務歴四年で店一番の古株だし、バイトにおける最高位である『副店長』にまで昇格している。

そして一人の欠員が出たところで、本部から追加の要員が来るはずもない。あくまで店長は私傷病『休暇』中なのである。

そんなわけで、俺は副店長の肩書きはそのままに、ありがたくもない『店長代理』を仰《おお》せつかることになってしまった。給料が上がるわけでもないのに、迷惑な話である。


　一時間ほど作業を進めたところで、本部への報告はあらかたまとまった。販売促進の取り組みについては軽く内容を盛ったが、許容範囲だろう。

　タバコを手に、裏口から外に出る。店内は禁煙なので、ここが唯一の喫煙スペースだった。

　隣のビルもここを喫煙所にしており、間が悪いとスーツ姿のオッサンに囲まれて肩身の狭い思いをすることになるが、幸い今日は先客はない。

　風は冷たいが空気は澄んでいた。ビルとビルの間にぽっかり空いた空間はどこにも属さない無主地のようで、居心地は悪くないがどこか心許《こころもと》ない。

　タバコは残り五本を切っていた。今時タバコなんて、金はかかるわ身体に悪いわで百害あって一利なしだが、さりとて化学物質の力には抗《あらが》い難い。学生時代に覚えた嗜《たしな》みを未だ引きずる意志の弱さに苦笑しつつ、ふぅっと煙を吐き出した。

　と、突然、店側のドアが開いた。

　スタッフの五十嵐《いがらし》が真っ青な顔で突っ立っている。

「すいません、副店長。二番カウンターのお客様が『責任者を出せ』と仰《おっしゃ》ってるので、お願いできますか」

タバコをくわえたままちょっと眉を上げると、五十嵐は言い訳がましく続けた。

「機種変更の際に一緒にタブレットをオススメしたんです。でもよく確認してみたら、料金の未納があって。審査の結果、追加の端末購入はできない旨をお伝えしたら、怒りだしてしまって……」

最後はほとんど泣きそうだった。五十嵐は明るい接客態度で客からも評判が良いが、どうも不注意というか粗忽《そこつ》なところがある。

俺は頷くと、まだ随分残っていたタバコをもみ消した。

本当に、今日は朝から碌なことがない。

「さっきのお姉さんがさ、『タブレットはご一緒にいかがですか？　便利ですよ』とか言うからさ。僕もすっかりその気になってたんですよ」

カウンター席に着くやいなや、小太りの眼鏡の男が早口で捲《まく》し立てた。

「なのに、後になっていきなり『ここ三ヶ月分のお支払いがまだなので、新しい端末は購入できないです』とか手のひら返されて」

こちらはまだ一言も喋っていないのに、血気盛んなことである。

専用端末で情報を照会すると、男の名はシゲタハルオミ。養豚場で出荷を待つ豚のような見た目のくせに、名前だけは何とも優雅だ。

まずは一切の口を挟まず、相槌だけ打ちながら男を観察する。

シゲタのシャツは襟元まで黒く汚れていた。シャツのチェック柄は突き出た腹で奇妙に歪《ゆが》み、別の模様になってしまっている。今時『清潔感』という言葉がこれほど似合わない男も珍しい。

「未払いの件だってさ、別に払う気がないわけじゃないよ。そもそも僕の給料日と支払い期日が合ってないし、人間、ついうっかり忘れたりすることはあるだろ。僕としてはお姉さんのトークに乗せられて、じゃあ買うかなって気になってたのに、裏切られた気分だよ。このテンション、どうしてくれるの？」

シゲタ改め豚野郎はまるで欧米のコントのように肩を竦めた。本人は至って論理的なつもりだろうが、論理自体が破綻していることには気付いていないらしい。

「それに彼女、僕を馬鹿にしてたよね。謝罪にも心がこもってなかったし」

今度は言い方云々に飛び火しだした。

明らかな『トーンポリシング』――内容ではなく発言者の口調や態度をあげつらって論点をずらす行為――なのだが、本人は無意識にやっているので、何を言っても無駄だろう。

正当なクレームは企業の財産だが、不当なクレームは害悪以外の何物でもない。真剣に話を聞くまでもなく、こいつの主張は後者だった。

大体、支払いという最低限の義務すら果たしていないのに強気な時点で、どこか頭のネジがぶっ飛んでいるとしか思えない。導き出される結論は明らかだった。

対話による歩み寄りは不可能。こちらのお客様は第一印象通り、ヤバい奴で確定。とは言え、この場は丁重に謝罪申し上げ、可及的速やかにお引き取り願わねばなるまい。

俺は内心でため息をつくと、精一杯申し訳なさそうな表情を貼り付けて頭を下げた。

閉店後、平謝りの五十嵐への指導もそこそこに、俺は真っ直ぐ家に帰った。

結局、あのクレーマー豚野郎は小一時間ほど文句を言い続け、スタッフ全員の人間性を否定するような聞くに堪えない罵詈雑言《ばりぞうごん》をまき散らし、やがて気が済んだのか、すっきりした顔で帰っていった。

突如現れて暴れるだけ暴れるなんて、天災と変わらない。営業妨害レベルで居座っていたし、いっそ警察を呼ぼうかとも思ったが、そうするとまた本部への報告事項が増えてしまう。あそこで我慢したのは正解だろう。

ソファーに身を投げ、残り一本になったタバコに火を付ける。ニコチンが肺いっぱいに広がり、疲れ切った脳細胞を緩やかに覚醒させていく。

煙を吐き出しながら、ある思いが頭をよぎる。生きることについて――と言うと高尚だが、要するに働くことについてだ。

就職というのはスマホゲームのガチャのようなものだ。就職時の景気やら配属先やら上司やらの無数の要素が複雑に絡み合い、レアやスーパーレアを引けた者だけがその後の人生でも成功を保証される。

そこそこの大学の院卒である自分にとっても、ルールに例外はなかった。そして結局のところ――自分はスーパーレアを引けなかったのである。

新卒で入った会社は絵に描いたようなブラック企業だった。理系の院卒を問答無用で営業に配属させる無能人事に、ノリと勢いだけでバブル期を乗り切ったような無能上司の数々。彼らは入社初日から意味もなく大声を上げ、新人たちを恫喝《どうかつ》してきた。

二日目から残業は当然のように二十三時まで続き、寝不足の身体で翌日出社すると、上司は前日の指示をあっさり撤回し、口角泡を飛ばしながら真逆の指示を飛ばした。

――一週間が限界だった。

よくある話だし、もっと劣悪な環境で働いている人は大勢いる。それでも社会の手荒い洗礼は、俺の若者らしい労働意欲を削ぐには充分だった。

勢いで退職を決めたは良いが、市場における『新卒』という最強カードを使い切った者に打てる手は少ない。日銭を稼ぐべく求人サイトを見て——繋ぎのつもりで応募したのが今の携帯ショップのスタッフ職である。採用はすぐに決まり、当面の生活は安定したが、給料は決して多くなかった。

接客業は「頭のおかしい連中を相手にしてなんぼ」の世界である。理不尽さに耐えかね、周りはどんどん辞めていったし、俺自身、辞めたいと思ったことは一度や二度ではない。

だが結局、俺は残った。続けられたのは単にメリットがあったから——副業が容易だったから、である。

タバコをもみ消し、パソコンの電源を入れる。疲れた日でもできる、便利な副業だ。入店直後から続けているこの副業は、今や俺のライフワークでもある。内容は公にはできないが、摘発されるような類のものでもない。

自分の生き方が真っ当でない自覚はあるが、慣れてくれば次第に感覚も麻痺《まひ》してくる。今ではもう不安も罪悪感もない。「逃げ道を残さず悪事は働かない」という俺のモットーは、こんなところでも充分に生かされている。

毎月それなりの収入が得られるし、本業より実入りが良いことも多々ある。だが、それでも本業を辞めるわけにはいかない。本業があるからこそ、俺の副業も成立するのだから。

翌週、年末のシフトを考えながらモックを拭いていると、自動ドアが開く音がした。

「よぉ店長。儲かってる？」

「いらっしゃい……あ、肥後《ひご》さん。ご無沙汰してます」

振り返ると、ひょろりと背の高い中年男が立っていた。

名前は肥後雅弘《まさひろ》、中小企業の社長。髪は真っ白だが、短い角刈りで不潔感はない。無造作に作業用ジャンパーを引っかけた姿は気さくな印象だが、時折見せる鋭い目に、どこか強《したた》かさと狡猾《こうかつ》さが見え隠れしていた。

肥後は肘で俺の腕を小突いた。

「何だよ店長、辛気くさい顔してんなぁ」

「店長じゃなくて店長代理です。あくまでも職位は副店長のままですから」

「じゃあ責任は増えても給料は上がらないってか。世知辛いねぇ」

ガハハ、と豪快に笑うと、肥後はクラッチバッグから茶封筒を取り出した。

「今月分も持ってきたぜ。悪いけど頼むわ」

「またですか。いい加減、口座振替かカード払いに切り替えてもらえませんかね。現金だと手数料もかかりますし」

「まぁ良いじゃねぇか。年寄りは現金が一番信用できるんだよ」

そう。肥後は毎月の携帯料金をわざわざ現金で支払っているのだった。

内心でため息をつきつつ、ポケットから数枚のメモ用紙を取り出して肥後に渡す。入金専用機に案内すると、肥後は特にメモは見ず、手際よく処理を進めていた。毎月の指導の甲斐あって、一通りのやり方は覚えたらしい。

「肥後さんの業界は儲かってるんでしょうね。このご時世ですし」

「何言ってんだよ、こちとら零細企業だぞ。新しいお客さんを見つけないとすぐ立ちゆかなくなっちまう。あんたの所みたいに景気良くはいかねぇよ」

処理が終わったのか、肥後は小さく「よし」と呟くと、持っていた紙袋を上げた。

「ちなみに今日のおみやは苺大福《いちごだいふく》だぜ。良かったら皆で食べてくれ」

変なこだわりで手間をかけさせるが、こういうところは憎めない男だ。人情派とでも言うのか、たかが携帯ショップの店員相手に、今時珍しい優しさを見せる。

「いつもありがとうございます。スタッフも喜びます」

実際、女性が多い職場（というか俺以外は全員女性）なので、点数稼ぎだとしてもこの手の気配りはありがたい。

「オッサンは若い女の子が喜ぶ姿が好きなんだよ」

照れたように笑うと、肥後は休憩明けでバックヤードから出てきたばかりの五十嵐を目ざとく見つけて声をかけた。

「よぉ、久美《くみ》ちゃん。元気ないねぇ、彼氏と喧嘩でもした？」

そのまま空いたカウンターに勝手に陣取ると、世間話を始めてしまった。

この馴れ馴れしささえなければ、もう少しだけ尊敬できる男なのだが。

2（エリス）

銘々皿の上にころんと並ぶ、菊とウサギを象《かたど》った生菓子。傍《そば》には淹れたての緑茶が添えられ、爽やかな香りを放っている。

「Legal Research E」社らしからぬ雅《みやび》やかな雰囲気に、エリスは思わず口元を緩めた。

完璧なテーブルセッティングを済ませたメープルは、目の前の中年男性に黙礼すると「失礼します」とスマホのカメラを構える。

「あら、メープル。いくら可愛いからって、お行儀が悪いわよ。後になさい」

エリスがやんわり窘《たしな》めると、メープルは無表情のまま頭を下げた。

「申し訳ございません。では、撮影は後ほど――」

依頼人――重田靖《しげたやすし》はすっかり困惑した顔で、二人のやり取りを見つめていた。

靖は銀座で和菓子屋「九重堂《ここのえどう》」を営む、いわゆる経営者である。

ダブルのスーツにきっちり整髪料で固めた髪型はやや前時代的だが、恰幅《かっぷく》の良い体格と柔和な表情も相まって、いかにも真面目で誠実な雰囲気を醸し出している。

九重堂は創業百年を超え、贈答用の高級和菓子の老舗《しにせ》としても有名だった。本日の妙に和風なお茶請けは――靖が持参した土産の品々というわけである。

靖は仕切り直すように咳払いをすると、雑誌の記事の切り抜きをテーブルに置いた。

「実は……息子が人を殺してしまった件について、詳細を調べていただきたいのです」


「一月十日の午前十時頃、新宿区の路上で男性が突き飛ばされ、縁石で頭部を強打した。男性は意識不明の状態で救急搬送されたが、間もなく死亡。被害者は会社経営者の肥後雅弘さん（五十八歳）」

冒頭部分を黙読すると、エリスは紙面の端、被害者の写真に目をやった。

同じ「経営者」と言っても、肥後は目の前の靖とは対照的な、町工場にでもいそうな雰囲気の男だった。ギラついた目つきのおかげで実年齢よりは若く見えるが、苦労が多いのか、髪の毛は真っ白である。

殺されるほどの恨みを買うような悪人には見えないが、百パーセントの善人にも見えない。腹に一物抱えていそうな曲者《くせもの》、とでも言えばしっくりくるだろうか。

エリスは記事の続きを読み上げた。

「目撃者の通報により、警察は現場から逃走した会社員、重田晴臣《はるおみ》を緊急逮捕した。重田は被害者と口論の末、突き飛ばして路上に放置、逃走した疑いが持たれている。重田は容疑を大筋で認めているが、殺意については否認。過失致死の疑いで書類送検される見通し――」

読み終わるタイミングに合わせ、靖が鞄から一枚の写真を取り出した。加害者であり、靖の一人息子でもある――晴臣だ。

こうはっきりと言うのも何だが、写真の晴臣の印象は良くなかった。

二十五歳とまだ若いのにかなりの肥満体で、眼鏡の奥の一重も性格が悪そうというか、粘着質そう。「ひと昔前のステレオタイプのオタク」のイメージ画をそのまま具現化したような見た目の男である。

エリスは靖に写真を返すと、首を捻った。

「確かに気の毒だけど、完全に過失致死じゃない。これ以上何を調べろって言うの？」

「息子は嵌《は》められたんです。何者かに」

突然、陰謀論めいたことを言い出したかと思うと、靖は語気を強めた。

「私も妻も甘やかして育ててしまった自覚はありますが、晴臣は理由もなく人を殺したりしません。他人に対して口では攻撃的ですが、根は臆病なんです。今回の事件でも、実際に人を殺《あや》めてしまったことがトラウマになってしまったのか――事件後はまともに話すらできなくなってしまいました」

靖は悔しそうに目を伏せた。

「何より息子は——この肥後とかいう男と、全く面識がなかったんです」

靖の言い分は理解できるが、「面識がない」と断言するのは早計である。小学生の子どもじゃあるまいし、大人同士であれば、職場や趣味や人からの紹介など、いくらでも出会う機会は作れるものだ。

とは言え——いかにもインドア派っぽい晴臣と中小企業の社長の肥後との接点が想像できないのも事実である。

「要するに、息子さんが肥後さんを突き飛ばすに至った経緯がはっきりすれば、アンタも納得するわけね」

「はい。そして万一、事件を仕組んだ者がいるのなら——裏メニューをお願いしたいのです」

靖の目から光が消え、どす黒い怒りが顔じゅうに滲んだ。

親馬鹿もここまでくると厄介なものね——

エリスは肩を竦めると、パソコンを立ち上げた。被害者である肥後の周辺情報を調べ始めたところで、ふと手が止まった。

「息子さんの部屋を見せてもらえる？　肥後さんとの接点、見つかるかもしれないから」

エリスは早速、重田晴臣の家を訪れていた。

重田晴臣は実家住まいで、父親である靖と母との三人暮らし。他には週に一度、通いの家政婦がいるが、今は訪問を止めてもらっているとのことだった。

銀座で店を構えているだけあって、重田家は都内にあるとは思えないほどの立派な邸宅だった。漆喰《しっくい》の白壁に濃灰色の和風の屋根瓦が、閑静な住宅街の中でもひときわ目立っている。

家の前では未だに週刊誌の記者らしき連中がうろちょろしていた。過失とは言え、老舗のお坊ちゃまが人を殺したとなれば、下世話な勘ぐりが入るのも無理はない。

靖はエリスを裏口から中に通すと、板張りの廊下を進んでいった。ショックからか、夫人も現在は実家に帰ってしまっているそうで、広々とした空間に人の気配はない。

冷たい、きぃきぃ音を立てる階段を二階まで上がると、一番奥が晴臣の部屋だった。

扉を開けた瞬間、エリスの目は点になった。

左の壁沿いの本棚に、上から下までぎっしり漫画本が詰め込まれている。向かいの壁と天井には、名前もわからない美少女アニメのポスターが覆い尽くすように貼られている。

床には脱ぎ捨てた服やらCDやらが、カルタでもばら撒いたように散らばっていた。部屋の奥には紙類がうずたかく積まれた机と、その脇にはガラス製の縦長のコレクションケース。中にはこれまた名前のわからないアニメキャラのフィギュアが、所狭しと並べられている。

清々しいほどに振り切ったオタク部屋に、エリスも苦笑するほかない。靖は心底申し訳なさそうに頭を下げた。

「すみません。収集癖が高じて、こうなってしまいまして」

収集癖で済む問題じゃないでしょ、という順当なツッコミは心の奥にしまったまま、エリスはCD類を踏まないよう、慎重に部屋の奥まで歩を進める。

机に積まれていた紙類は――ほとんどが請求書や督促状の類だった。

「確認なんだけど、九重堂ってそれなりに儲かってるはずよね」

「はい、おかげさまで。ですが、息子はその……誰に似たのか、非常にだらしない性格でして。金はあるのに、引き落としだのといった細かな手続きを怠ったまま放置して、余計に面倒を大きくするタイプでした。ですからその、請求書が溜まっているのも、別に珍しいことではないんです」

エリスは一番上にあった請求書を拾い上げると、眉を上げた。

「これは案外――陰謀論とも言い切れないかもしれないわね」

3（ある携帯ショップ店員）

「そう言えば副店長、知ってます？　こないだ、近くで殺人事件があったんですよ」

休憩中の五十嵐が唐突に話しかけてきた。

「いや、全然知らない。穏やかじゃないね。まぁウチの店には関係ない話だろうけど」

適当な返事が気に食わなかったのか、五十嵐はむっとした顔で言い返してきた。

「関係なくないですよ。亡くなったの、ウチにもいらしてた肥後さんなんですから」

「え、肥後さんが？」

思わず声が裏返った。

肥後が死んだだって。なぜだ——一体、何が起こった。

慌ててネットニュースを検索する。他のニュースが少なかったのか、「新宿／殺人事件」のキーワードだけで当たりは付いた。

『一月十日午前十時頃、新宿区の路上で五十代の男性が突き飛ばされ、縁石で頭部を強打した。男性は意識不明の状態で救急搬送されたが、間もなく死亡。被害者は肥後雅弘さん。当日は仕事で現場近くに来ていた』

「何てこった、半分事故だな。肥後さんも気の毒に」

「かわいそうですよね、何かショックです。デリカシーはないけど、悪い人ではなかったのに」

五十嵐は神妙な面持ちで目を伏せた。相槌を打ちつつ、記事の下段に目を通す。

『目撃者の通報により、警察は現場から逃走した会社員の重田晴臣容疑者を緊急逮捕。重田容疑者は容疑を大筋で認めており、過失致死で書類送検される見通し』

唐突に出てきた名前に心臓が飛び出そうになった。

重田晴臣だって。

まさかあの――クレーマー豚野郎か。

思わず五十嵐を見たが、先ほどのお悔やみコメントで本人としては話が終わったのか、念入りに化粧を直しているだけだった。毎日数多くの客を相手にしているし、一ヶ月前に大暴れしたクレーマーなど覚えていなくても無理はない。

事務作業の続きをするふりをして、パソコン画面に目を落とす。五十嵐がバックヤードから出ていったところで、ようやく落ち着いて考えられる状況になった。

重田が肥後を突き飛ばして殺し、逮捕された。悪い冗談のような出来事が現実に起こっている。そして肥後が死んだ原因は恐らく――

混乱していた頭が次第に冷え、やがて奇妙な笑いがこみ上げてきた。ほんの少し口の端が緩んだのが自分でもわかって、慌てて表情を引き締める。

大丈夫。意図した形とは違うが――結果オーライだ。副業の成果は上々と言って良い。金は儲かったし、結果的にあの豚野郎を陥れることにも成功したのだから。


肥後の死のニュースから五日が経過した。

いつものように自動ドアのガラスを拭いていると、背後に人の立つ気配がする。

振り返ると、目つきの悪い男二人連れだった。大柄でゴリラのような顔の中年男と、小柄だがクロヒョウのような迫力のある若い男。

佇《たたず》まいから、一目で彼らが警察関係者であることはわかった。

「お忙しいところ申し訳ありません。店長さんはいらっしゃいますか」

「店長は長期休暇中です。店長代理で良ければ私ですが」

こちらが部下なのだろう、クロヒョウのほうが代表して識別章を見せてきた。

「警視庁捜査一課の富沢《とみざわ》と言います。向こうは香田《こうだ》です。お忙しいところ申し訳ありませんが、近くで起こった事件について、お話を伺えますか」

一瞬、動悸《どうき》が速まった気がしたが、すぐに気を落ち着かせた。

警察が来ないことを願ってはいたが、まったく予想外というわけではない。

富沢は懐から写真を取り出した。

「肥後雅弘という男をご存知でしょうか」

「ええ、うちの常連さんです。何日か前に亡くなったとニュースで見ましたが」

「お聞きしたいのはその件です。このままお話しして大丈夫ですか」

口調こそお伺いだったが、意図するところは命令だった。俺は店内を見やり、何かに気付いたような焦った表情を装った。

「構いませんが、店内だと他のお客様の迷惑になります。それにバックヤードも機密情報があって関係者以外立ち入り禁止で、お話でしたらどこか他の場所で……」

「でしたら、ここで結構です。立ち話で大丈夫ですので、お気になさらず」

意外なほど素直に頷くと、富沢は懐から手帳を取り出した。

「被害者は肥後雅弘。道端で加害者——重田晴臣と口論になり、被害者のほうから先に重田に摑みかかりました。重田はそれを振り払い、被害者は倒れて縁石に頭を強打。打ちどころが悪く、そのまま亡くなりました」

富沢は一切の感情を交えず、淡々と説明を続ける。

「重田は逃走しましたが、すぐに捕まりました。本人も容疑を認めており、目撃者も複数います。完全に不幸な事故、つまり過失致死です。ただ、混乱しているのか、重田は『俺は悪くない、あいつがわけのわからないことを言って付きまとってきた』などと繰り返すばかりで——念のため被害者の肥後さん側にもトラブルがなかったか、関係者に話を伺っています」

一気に喋ると、富沢はじろりとこちらを睨み付けた。

「肥後さんの会社の社員に伺ったところ、定期的にこの店に来ていたそうですね。携帯料金を支払いに来ていたようですが、わざわざ毎月現金で支払いに来るのは逆に手間です。理由に何か心当たりはありませんか」

正直、驚いていた。たった数日の間によく調べてある。日本の警察は想像以上に優秀らしいが——聞かれるとわかっていれば恐れることもない。

せっかくなのでちょっと勿体《もったい》付けて、俺はわざと口ごもった。

「それなら多分——あ、これ言っちゃって良いのかな」

「どうぞ。どんな些細《ささい》なことでも結構です」

「実は肥後さん、ウチのスタッフにお気に入りの子がいまして。女性関係というほどの仲ではないはずですが」

「……その方に会うために、わざわざ毎月来ていたと？」

「もちろん、それだけじゃないと思います。肥後さん、現金が一番信用できるってよく言ってましたから」

富沢はちょっと眉を上げると、メモを取り始めた。

「お相手の方は今日はいらしてるんですか」

「ええ。手前のカウンターにいる彼女です。名前は五十嵐久美。ちょうど接客も終わったみたいなので、呼んできます」

これはどうも、とか、お手数かけます、とか呑気《のんき》なお礼が背中越しに聞こえてきた。

降って湧いた災難を乗り切ったことに、ほっと胸をなで下ろす。

大丈夫だ。今の会話に怪しい要素はない。そして五十嵐に話を聞いたところで、彼らも期待した成果は得られないだろう。

そう。彼らに伝えた内容は、半分は本当で半分は嘘だった。

肥後は五十嵐だけでなく、俺にも会いに来ていたのだから。

4　（エリス）

事務所のソファーで追加の調査計画を立てていると、後ろからメープルの声がした。

「ボス。今日の分の更新、終わりました」

「ありがと、メープル。今回も良い感じね」

アップされた写真をスマホの画面で確認すると、エリスは満足げに親指を立てた。

「管理が大変ですので、これ以上無駄なアカウントを増やさないでください」

どストレートに釘を刺すと、メープルはキッチンに紅茶を淹れに行ってしまった。

エリスは複数のＳＮＳで偽のアカウントを運用している。調査に際し身分を偽《いつわ》る機会が多く、名刺だけでは偽装が不十分な場合に備え、日頃から準備しているのである。面倒なので名義は「片桐《かたぎり》エリス」で統一していたが、設定上の職業は出版社ＯＬからショップ店員から看護師まで、多種多様なものを揃えていた。

適当な頻度で肩書きに合ったフリー素材の写真を探し、それらしく加工してアップする。これらのアカウントの管理も、メープルの大事な秘書業務の一つである。

エリスは頬杖をつくと、無意識のうちにため息をついた。

重田家を訪問したことで、エリスの頭にはある仮説が浮かんでいた。次は――多少の危険を伴うが、肥後の会社を訪問して裏を取れば、依頼人の望み通り、事件の裏で本当は何が起こっていたのかを推定できる。

一番の問題は――それを立証するのが限りなく困難なことだろう。

エリスの仮説では、重田と肥後の他に最低でももう一人、登場人物がいる。

そいつは間違いなくずる賢く――用心深い人間だ。簡単に押さえられる証拠を残している可能性は低い。

「虎穴に入らずんば虎子を得ず、かぁ。直接行くしかないわよねぇ」

肥後の会社のホームページ、最下部に書かれた電話番号を見やる。エリスは咳払いをすると、いつも以上に気合いの入った営業ボイスでアポイントの電話をかけ始めた。

翌日、エリスは予期せぬ災難に見舞われていた。

肥後の会社への訪問が無事に済んだまでは良かった。予定通り、裏取りは完了したものの――帰りがけにうっかり手を滑らせ、道端にスマホを落としてしまったのだ。

慌てて拾い上げると、画面は割れていないものの、真っ黒だった。ボタンを押しても何の反応もない。

「嫌だ。まさか今ので壊れちゃったの」

困ったことになった。調査も佳境に入ってきたというのに、スマホが使えなくなるのはまずい。

時計を見ると、時刻は既に十八時半を回っていた。一月の日は短く、辺りはすっかり暗くなってしまっている。

ふと顔を上げると、向かいのビルの一階の携帯ショップが目に入った。

あれは確か――肥後が毎月通っていたという、例の店だろうか。

エリスは一瞬だけ躊躇《ちゅうちょ》したが、やがて観念したように頷いた。

「ショーマストゴーオン、とはよく言ったものね。このタイミングでアドリブが必要になるなんて」

そのまま早足で横断歩道を渡ると、吸い込まれるように店の中に入っていった。

5（ある携帯ショップ店員）

「遅い時間にすいません。スマホが急に壊れちゃって、受付はまだ間に合いますか」

週明け月曜日の閉店間際、女性が店内に駆け込んできた。

歳は二十代ぐらいだろうか。さらさらロングのストレートヘアに紺の無地のワンピース。目元がややキツめだが、モデルのように背が高く、堂々とした佇まいの美人だ。

「いらっしゃいませ。端末の不具合ですか」

「はい。うっかり道端に落としちゃって」

女性は慌てた様子でスマホを寄越してきた。通常であれば閉店間際に入ってきた客など門前払いだが、どうやら緊急らしい。

他に対応が必要な客はいないし、まだ営業時間内ではある。スタッフは順に上がらせていたので、空いたカウンターに案内して自分が席に着いた。

見たところ、稀に発生するブラックアウトのようだった。電源ボタンとホームボタンの同時押しを繰り返す。反応がないので、今度は充電ケーブルを繋いで同じことをやり直す。

思いのほか時間がかかったが、三十分ほど悪戦苦闘したところで端末の再起動は成功し、ぶぅんという低い音とともに画面に光が灯《とも》った。

「凄い！　直った！」

「良かった。もう大丈夫ですね」

「ありがとうございます、助かりました。……あの、これってお支払いは」

「端末の不具合の相談にいらしただけですから、無料で結構ですよ」

「えぇ！　そんな、悪いですよ。こんなに遅くまで頑張ってくれたのに」

予想外の申し出だった。その場で不具合が解消した場合、大抵の客は礼を言うだけで、金を払う素振りも見せずに帰ってしまうことがほとんどである。

キツそうな見た目によらず、女性は意外と良識派らしい。まだ財布を出そうとしていたので「いやいや」と手で制すると、女性は優雅に微笑んだ。

「それじゃ、お言葉に甘えちゃいますね。それにしてもお兄さん、さすがプロですね。こんなにあっさり直しちゃうなんて。このお仕事されて長いんですか」

「そうですね。大体四年ですけど、ウチの店では一番の古株です。この業界は離職率が高いので、四年ですっかり長老扱いですよ」

女性の目が一瞬、きらりと光った気がした。

「そうなんですか、意外です。どこの業界も大変なんですね」

女性は口元に手を当てると、何か考え込むように黙った。奇妙な沈黙に俺が口を開きかけたところで、女性は内緒話をするようにこちらに顔を寄せてきた。

「あの、お兄さん。携帯貸してもら……っちゃダメですね、お仕事中ですよね。すいません、じゃあメモ帳か何かお借りできますか」

「あ、はい。どうぞお使いください」

電話機の横のメモ帳を手渡すと、女性はボールペンで何か書き始めた。途中「あ、間違えた」と小さく呟きながら一枚目を破って丸め、二枚目に書いた何かをこちらに寄越す。

「私のメッセージアプリのＩＤです。私、近くの出版社で働いてて。片桐エリスって言います。良かったら今度、お食事でもどうですか。今日のお礼に、ごちそうさせてください」

照れたように早口で言うと、女性はさっと立ち上がった。俺は俺で、人生初の急展開に「え、ちょ、あの……」と、中途半端な反応を返すので精一杯である。

女性は自動ドアの前まで進むと、立ち止まって振り返った。

「ご連絡お待ちしてますね。それじゃ」

恥ずかしそうに微笑むと、手を振って店から出ていった。

今度こそ無人になった店内で、俺は完全に固まっていた。
何だったんだ、今のは。
自分の身に起こった出来事が信じられない。完全に不意打ちの逆ナンに、頭が全く付いてきていなかった。

一度深呼吸をして、女性とのやり取りを思い出す。エリスなんて随分変わった名前だが、ハーフなのかもしれない。確かに、薄茶の瞳はどこか日本人離れしていた。

何より、不安そうに手元を覗き込んでいた時のエリスの横顔は——女神のように美しかった。先ほどの礼儀正しさを見るに、性格も悪くなさそうだ。

そこでようやく、自分がヘマをやらかしたことに気が付いた。端末を何とかするのに夢中で、エリスの電話番号をチェックし忘れていたのだ。

改めてメモを見ても、書いてあるのは名前とメッセージアプリのＩＤだけ。さすがにこれだけでは、専用端末での照会は不可能だろう。

呆けた頭でバックヤードに引っ込んだところで、むくむくと疑念が湧いてきた。

実際、エリスはどういうつもりなのだろう。初対面の男をいきなり食事に誘うような女性に連絡してしまって、本当に大丈夫なのだろうか。

新手の詐欺だとか美人局《つつもたせ》だとかいう可能性もある。最低でも、先ほど言っていたプロフィールが本当かどうかは、連絡する前に確認しておきたい。

ちょうど明日は平日休みだった。であれば、やることは一つだ。


翌朝八時四十五分、俺は職場近くの雑居ビル一階のコンビニ、イートインコーナーから外を眺めていた。

昨夜のうちにSNSを検索し、エリスの勤め先が隣のビルの「明和堂出版《めいわどう》」だということまでは突き止めていた。やっていることはストーカーも同然だが、念には念をということで、休日を利用して確認に赴いたのである。

通勤ラッシュはピークを過ぎ、歩道を行き交う人はさほど多くない。まばらに通り過ぎる人々をぼんやり見つめながら、俺は昨夜から数えて何度目かの不安に見舞われていた。

そもそも出版社の勤務時間は九時から十七時で合っているのだろうか。午後からだと面倒なことになる。大体、エリスが今日、休みだったらどうする――などと考えているうちに、時刻は早くも九時半を回った。

すっかりぬるくなったコーヒーを飲んでいると、不意にエリスらしき女性が目の前を通り過ぎた。

ロングダウンを着たエリスは、寒い中でも背筋をぴんと伸ばして歩いていた。予想通り隣のビルに入っていったので、慌ててコーヒーを飲み干して後を尾《つ》ける。

ビルの入り口で少し待ち、エレベーターの扉が閉まったタイミングでホールに入る。行き先ランプは四階で止まった。

案内板には――『四階　明和堂出版』とある。

思わず安堵《あんど》のため息が漏れた。本気で疑っていたわけではないが、どうやら話は嘘ではないらしい。

であれば、誘いに乗って危険ということもないだろう。

早々に目的は達成できたが、まだ午前中だ。帰りがけに何かやることがなかったか考え――食事の際に着ていく新しいコートを探しに出かけることにした。

接客業は土日に思うように休みを取れないのが難点だが、平日、他人が働いている姿を横目に堂々と遊べる点は気に入っている。

行き先は駅ビル内にある最大手衣料品チェーン店だった。平日の店内は客もまばらで、スタッフも少ないので話しかけられる心配はない。

店の奥まで進むと、一番目立つポールハンガーに掛かっているコートが目に入った。

新作のチェスターコートは渋めのダークグレーで、デザインも悪くない。

試着室に移動し、コートを羽織るふりをして値札タグをむしり取った。そのままポールハンガーの場所まで戻り、先ほど千切ったタグを今度は別のコートのポケットに滑り込ませる。適当に周辺のコートをいじり、仕上げに——最初に試着した、値札タグの千切られたコートをカゴに入れた。

あとは終わったようなものだった。ついでに下着類と靴下、特売のワイシャツ数点をカゴに放り込み、局所的に混み始めたセルフレジを目指す。

セルフレジにカゴを置くと、機械が値札タグの情報を読み取り、合計点数と金額を弾《はじ》き出した。

「商品点数は八点。／合計金額は九九八〇円。お間違えないでしょうか」

お間違えないに決まっている。カゴの中の商品は九点だが、値札タグの数は八点だ。表示された額を支払い、手早く袋詰めを済ませる。俺のこの不法行為に気付いた者は、当然ながら誰もいない。

店の入り口で新人らしい男性スタッフに「ありがとうございました」と声をかけられた。万引き犯相手に挨拶していたなんて、こいつは夢にも思っていないだろう。

俺の行為自体は、年末に見たファストフード店の男と大差ない。だが俺のやり方にはあんな雑な手口にはない、明確なメリットがあった。

「誰がやったのか」が曖昧な点である。

試着室に監視カメラはないし、万一発覚したところで、俺が値札を外したという証拠はない。店側の不手際で、最初から値札が付いていなかったと言い張ることだってできる。

ここが一番大事なところだ。故意にやったと証明できないなら、それは「うっかり」——つまり過失に他ならない。その逃げ道さえ残しておけば、罪に問われることなどあり得ないのである。

家に帰ってソファーに寝転がりながら、エリス宛のメッセージを考えていた。

女性とこの手のやり取りをするのは久しぶりだった。悩んだ末に、何やら捻《ひね》くれた文面をしたため、スマホの送信ボタンを押す。

「昨日はご来店ありがとうございました。食事の約束はまだ有効ですか」

仕事中なので期待はしていなかったが、既読マークは思いのほか早く付いた。次いで猫のスタンプと、楽しそうなメッセージ。

「携帯ショップのお兄さんですか？　連絡ありがとうございます！　もちろん有効に決まってるじゃないですか」

悪くない反応だった。何通か適当なやり取りを続け、早番シフトで上がれる来週末、金曜の夜に食事の約束を取りつけた。店はエリスのほうで押さえてくれるらしい。

首尾良く話がまとまった勢いで起き上がり、タバコに火を付ける。煙をくゆらせながら、俺は今後の身の振り方について改めて思いを巡らせていた。

　肥後が死んだ日から副業はやっていなかった。正確には「できなくなった」と言ったほうが正しい。俺は肥後の死に直接は関与していないが、副業を通じて間接的に関わりがあったことは間違いないのだ。

とは言え、肥後との関係があくまで店員と客であることも事実である。警察に嗅ぎ回られる要素も特にない以上、ここらが潮時――店じまいが得策だろう。

　現金な話だが、自分の生活圏内で一度でも『警察の訪問』なんて事態が起こると、途端に危ない橋を渡る気も失《う》せてしまう。逃げ道を残さない悪事は馬鹿のやることで――俺は絶対、そちら側に行くつもりはない。

　幸い、新しい出会いもあった。付き合える付き合えない云々の話は措《お》くにしても、これも「普通に働いて平和に生きていけ」という神のお告げなのかもしれない。

　ただのお礼、それも社交辞令に、どこか期待してしまっている自分がいる。俺は苦笑いを浮かべたまま、タバコの火をもみ消した。

6（エリス）

エリスが携帯ショップを訪れた翌日、オフィスのインターホンが鳴った。

駆け寄ったメープルがドアを開けると、細身のスーツ姿の男が立っている。

「相変わらずの閑古鳥だな、テツ」

生真面目そうな黒髪センター分けに肉食獣のような目つき。

エリスこと衿須鉄児を唯一『テツ』と呼ぶ、高校時代からの友人——富沢拳《けん》。

この辺りで営業回りをしているサラリーマン、ではなく、警視庁捜査一課のれっきとした刑事である。

「いらっしゃい、ケンちゃん。時間通りね」

エリスはにこにこしながら駆け寄ると、ケンの頭にそっと触れた。

「相変わらず可愛いサイズ感ねぇ。撫でたくなっちゃう」

「黙れ。お前とは七センチしか変わらない」

身長差で七センチは「しか」ではないはずだが、ケンは不快感も露《あら》わにエリスを睨み付けた。威嚇するような目つきは迫力満点だが、見慣れたエリスにとってはさして怖いものでもない。

そう。例えるなら少年空手家のような、クロヒョウの子どものような。

きちんと強そうながらも、どこか「可愛い」部分が残っている。屈強なガタイの面々が揃う捜査一課の中でも、ケンが比較的珍しいタイプの刑事であることは間違いないだろう。

「お前、まだグレーな仕事やってんのか」

忌々《いまいま》しげに舌打ちすると、ケンは執務室内に入ってきた。

「法的にはセーフとか言ってると、そのうち足元掬われるぞ」

来客用ソファーに腰を下ろし、無造作にネクタイを緩める。その姿すら、大人の仕草を真似しているような可愛らしさを醸し出している。

自分の脳内が「可愛い」祭りになっていることに気付き、エリスは思わず苦笑した。

昔からこんな感じで――ケンに対してはつい「凶暴なミニチュア・ピンシャーを溺愛する飼い主」の如き接し方をしてしまうのである。

和やかさと険悪さとが入り交じる空間に、メープルがお盆を持って入ってきた。

「どうぞ。今日はアールグレイです」

「ありがとう。楓ちゃんは本当にしっかりしてるな」

「恐縮です。それでは失礼します」

メープルは目礼すると、足早にキッチンへ引っ込んでいく。さすがに国家権力を前に、グレーな雇用形態を見せるのは好ましくない。

ケンの前では秘書業のことはトップシークレットで――『佐藤楓は自分の従姉妹《いとこ》で、放課後に遊びに来ては事務所の手伝いをしてお小遣いを貰っている』という設定である。

尤《もつと》も、メープルの溢《あふ》れ出る有能秘書感は隠せるものではない。ケンも薄々感づいていて、敢えて黙っているだけなのかもしれない。

じろじろと室内のテレビカメラを見ていたケンが、ようやくこちらに顔を向けた。

「で、何の用だ。電話では肥後の事件がどうとか言ってたが……お前がただの事故に興味を持つはずがない」

ご明察、とばかりに微笑むと、エリスは優雅に足を組み替えた。

「あの事件自体は、よくある不幸な事故よ。ただ、気になることがあって――確かめてるうちに、重田と肥後の他に登場人物がいるって気付いただけ」

ケンの目が一気に鋭くなった。

「あの事件に黒幕がいるのか」

「そんな大層なもんじゃないわ。黒幕っていうか、小悪党」

怪訝《けげん》そうなケンの視線を躱《かわ》して、エリスは紅茶を一口飲んだ。

「近いうちに、直接やり合うことになるわ。うまくいけば、アタシがグレー部分を請け負う必要もなくなるけど――」

エリスは封筒からビニール袋に入った何かを取り出すと、ケンの前に置いた。

「いつもお世話になってるし、情報提供先はケンちゃんにしとく。悪いけど担当部署がわからないから、渡しといて」

7（ある携帯ショップ店員）

エリスが指定した店は住宅地の一角にあった。

「イタリア家庭料理」を標榜《ひょうぼう》する看板は狭い路地裏では全く目立たず、案内がなければうっかり前を通り過ぎるところである。

店の外壁には蔦《つた》が茂り、壁面は煉瓦造《れんがづく》りになっていた。いかにも女性が好きそうな、知る人ぞ知る隠れ家レストランといった風情だ。

「ここ、シェフが本場で修業してきた人で、ピザがおいしいんですよ。マルゲリータは特にお勧めです」

エリスは得意げに振り返ると、先に立って入り口のドアを押した。

ちりん、とドアベルが鳴り、間接照明で照らされた半地下の空間が目の前に現れる。全部で二十席もない小さな店だった。インテリア代わりの石釜とワインの大樽《おおだる》、赤のギンガムチェックのテーブルクロスがどこかレトロな雰囲気を醸し出している。奥の厨房《ちゅうぼう》では、噂のシェフが軽快にフライパンを振るっていた。

時間が早いからか、店内は俺たち以外に客はいなかった。案内された一番奥の席の上座にエリスを座らせ、自分は手前側、観葉植物の鉢の側《そば》に腰掛ける。

ウェイターの青年がメニューと小さな黒板を持ってきた。エリスの顔見知りなのだろう、向けられた笑顔は客相手にしては親しげだ。

「エリスさん、久しぶりですね」

「ご無沙汰しちゃってごめんなさい。その分、今日はいっぱい食べていくから」

笑顔で頷いたウェイターが、小声でエリスに「彼氏ですか？」と囁くのが聞こえた。

「嫌だ、そんなんじゃないですよ。お世話になった方です」

エリスは即座に否定したが、顔が少し赤くなっている。まんざらでもなさそうに見えるのは気のせいだろうか。

渡された黒板の「本日のおすすめ」から二、三品を選び、ワインのボトルを入れる。注文が終わったところで、エリスはスマホを見せてきた。

「この間直してもらってから調子が良いんです」

スマホには先日はなかったクマのぬいぐるみマスコットが付いていた。エリスの雰囲気に合っていない気もするが、案外ファンシーな趣味なのかもしれない。

エリスは無造作にスマホをテーブルに置くと、真面目な表情で頭を下げた。

「改めまして、先日はありがとうございました。本当に助かりました」

「良いんですよ。仕事ですから当然です」

恐縮していたところに、タイミング良くワインが運ばれてきた。ウェイターがテーブルキャンドルに火を付けたところで、グラスを軽く合わせて乾杯した。


「そう言えば、まだきちんと自己紹介してなかったですよね。片桐エリス、二十九歳。新宿の明和堂出版でOLやってます」

サラダをつまんでいたエリスが顔を上げた。

後半は既知の情報だったが、前半部分は正直、意外だった。予想より遥かに年が上だし、何なら俺とそう変わらない。

「そうなんですか。驚きました、てっきり二十歳ぐらいかと思ってたので」

大袈裟なお世辞に、エリスは「まさかぁ」と顔をほころばせた。

俺も簡単に自己紹介をし、仕事を真面目に頑張ったおかげで思わぬ役得だと、素直な感想を述べた。

エリスはますます嬉しそうに目を細める。

「私だって、逆ナンなんて生まれて初めてだったから、緊張したんですよ。連絡くれた時は本当に嬉しかったんですから」

恥ずかしげもなく言い切ると、エリスは真っ直ぐに俺の目を見た。完璧と言って良い、女神のように美しい微笑み。

ほんの一瞬、得体の知れない不安が全身を襲った。俺の内心の動揺など知る由もなく、エリスは無邪気に続ける。

「お兄さんは、やっぱり携帯が好きだからあの店で働いてるんですか」

俺は曖昧に笑うと、新卒で入った会社が肌に合わず退職したこと、今の店には成り行きで勤めていることなどを手短に説明した。

あまり深刻に話したつもりはないが、エリスが申し訳なさそうな顔をしたので、慌ててこちらからも話題を振る。

「出版社にお勤めということは、片桐さんは本がお好きなんですか」

「そうですね、暇さえあれば読んでます。集中しすぎてたまに徹夜しちゃうぐらい」

今度は悪戯っ子のようにはにかんだ。自然な表情に、抱いていた警戒心がすっと薄らいでいく。

何をビビってるんだ、俺は。考えすぎに決まってる。

改めてエリスを見ると、今日は白のタートルネックセーターに茶色のチェックのロングスカートと、確かに図書館司書のような服装だった。窓辺で本を読んでいたらさぞかし絵になるだろう。

「どういう本が好きなんですか。お勧めとかあります？」

「長編も短編も何でも読みますよ。推理小説だと、ベタですけどシャーロック・ホームズのシリーズが好きで。短編だと星新一のショート・ショートが好きですね」

マイナーな文学作品の名前が出たらどうしようかと思っていたが、エリスの好みはごく一般的だった。互いのお勧めの本について喋り、話が一段落したところで、エリスは内緒話をするように声を潜めた。

「白状して良いですか。実は私も転職組で、今はあそこの出版社にお世話になってますけど、働き出したのは最近なんです」

エリスはワインを一口飲むと、小さくグラスを回した。

「何だか私たち、ちょっと似てますね」

優美な流し目を直視できず、俺は慌ててグラスに残っていたワインを飲み干した。

気付けば、ワインの残りはボトルの四分の一ほどに減っていた。

酔ってきたのか、エリスはさっきからにこにこと楽しそうに笑うばかりだ。ちょうど最後に注文したマルゲリータが運ばれてきたので、適当に切り分けて皿に載せる。

　エリスはピザを一口頬張ると「おいしい」と呟いた。その幸せそうな笑顔に、思わずこちらも表情が緩む。

「実は一つだけ、どうしても聞きたいことがあったんです。聞いても良いですか」

　エリスが上目遣いでこちらを見た。彼女の有無でも聞かれるのかと期待したが――

続く言葉は完全に予想外だった。

「肥後雅弘さん、知ってますよね」


　一瞬で、その場の空気が凍った。

この場で決して出てくるはずのない名前。ありとあらゆる感情が押し寄せ、頭の中を嵐のように駆け抜ける。

　どういうことだ。なぜいきなり、この女から肥後の名前が――

　浮かんでは消える疑問はとりあえず脇に追いやり、慌てて聞き返す。

「ええ、知ってます。でも、なぜあなたがそんなことを？」

「随分驚いてますね。私の口から肥後さんの名前が出るのがそんなに意外ですか」

「意外というか、共通の知り合いなのかと驚いただけです。あなたのような綺麗な女性と、あの豪快な肥後さんとが、うまく結びつかなくて」

辛うじて返した答えは不自然ではないはずだった。エリスは不思議そうに目をぱちくりさせると「あぁ」と納得したように頷いた。

「私は肥後さんと面識はありませんよ。亡くなったのを知ったのも、雑誌の記事ですから」

「じゃあどうして――」

「あなたがやったことに気付いたからです」

端的に答えると、エリスは小首を傾げた。

「話の前に、デザートを頼んでも良いですか？　甘い物を入れないと、お話がうまくできそうにないので」

デザートを待つ間、俺はまったく生きた心地がしなかった。

突然後ろからぶん殴られて法廷に引きずり出されたような、恐怖と混乱が脳内を支配する。

目の前のこの女が何者なのかはわからない。どういうつもりでこんな話をしているかも見当が付かない。

だがこいつは間違いなく、敵だった。どこまで掴んでいるのかはわからないが、俺にとって都合の悪い事実を暴露しようとしている。それだけは確実だった。

ウェイターが運んできたティラミスと紅茶を受け取ると、エリスは「さて」と続きを切り出した。

「驚かせてごめんなさい。でも、肥後さんが亡くなった原因はあなたにあるんですから、それぐらい我慢してくださいね」

確信しているような口ぶりだった。下手に焦って怪しく見えないよう、ゆっくり、最低限の言葉で切り返す。

「さっきから仰ってる意味がわかりませんね。肥後さんは重田とかいう男に突き飛ばされて死んだ。ニュースでもそう言ってましたよ」

「ええ。あなたは何もしていません。直接的には」

やや含みのある言い方で、エリスは優雅にティラミスを口に運ぶ。

「でも間接的には――どうでしょうか」

薄茶の瞳が、猫のようにきらりと光った。

僅かな沈黙が訪れた。底知れないエリスの視線に、こちらも負けじと睨み返す。

見つめ合うこと数秒、突然、エリスがふっと表情を崩した。

「そんなに怖い顔しないでください、順番に説明します。そうですね、じゃあ事件のおさらいから」

エリスはぱちん、と指を鳴らした。

「一月十日の午前十時。新宿区の路上で、肥後雅弘さんが重田晴臣さんに突き飛ばされ、頭を打って亡くなりました。よくある過失致死ですが、色々と事情があって――私は独自に、事件と二人について調べ始めました」

その「色々な事情」が一番聞きたいのだが、エリスはそこには触れずに続ける。

「まずは被害者の肥後さん。確かに会社経営者、中小企業の社長でした。警察もそこから掘り下げて捜査するべきでしたね。ヒントは肥後さんの会社そのものにあった。肥後さんが経営してたのは――消費者金融だったんですから」

決定的な単語だった。

この女は恐らく全てを。俺の副業すらも――見抜いている。

「それがわかった時、一つの仮説が浮かびました。つまり、肥後さんが重田さんにお金を貸そうとしていた可能性です。それなら重田さんの『あいつがわけのわからないことを言って付きまとってきた』という言葉も理解できます」

なんで重田の証言を知っているんだ。いや、この程度ならネットニュースに出ているのかもしれない。経路は不明だが、とにかくこいつはそれを知っているのだ。

「次に加害者の重田さん。あなたはご存じなかったでしょうけど、実は彼、銀座で代々続く老舗の和菓子屋の一人息子なんです。要するにお金持ちのお坊ちゃまで――

お金に困るような人間ではない」

　思わず歯噛みした。

　あの豚野郎。金を持っているくせに、未払いを放置していたのか。

　それに食品製造業の息子のくせに、あの汚らしい服装。無頓着にもほどがある。

「とは言え、肥後さんは消費者金融の人です。何らかの情報をもとに重田さんにアプローチしたのは間違いないでしょう。しかし実際のところ、重田さんは住宅ローンも車のローンも、支払いが滞った履歴はない。この矛盾は一体何なのか」

　一度息をつくと、エリスは「まぁ」と言葉を継いだ。

「そこは調べないとわからないので、直接、重田さんのお宅に伺いました。ご家族にも協力いただいて、重田さんに何か未払いになっている契約がないか確認してもらいました。そうしたら一つだけ、あったんです」

　エリスは真っ直ぐに人差し指を立てた。

「一ヶ月ほど前、重田さんは携帯ショップでタブレット端末の購入を断られたそうです。未払い金があるから審査が通らず、お店にクレームを付けていたと」

　そのままテーブルの上のスマホを見やり、感心したように呟く。

「完全に盲点ですよね。ローンと聞くと普通は不動産や車を連想しますけど、よく考えたら携帯もそうなんです。割賦販売も結局は一種のローン。当然、購入する前に審査もある」

長い指をこめかみに当てると、エリスは自信に満ちた笑みを浮かべた。

「あとは簡単です。肥後さんの会社の取引件数が増え、業績が上がり始めたのが四年前。肥後さんが毎月、ある特定の携帯ショップに通い始めたのも、同じく四年前。店に当たりを付け、同時期から勤務している人物を調べていたところ——浮かび上がってきたのが、あなただったというわけです」

理屈はわかるが、行動原理が意味不明だった。

この女が警察だとは考えにくい。だとしたら呑気に食事に誘う必要はないし、身分を明かしたうえで俺を追い詰めにくるはずだ。

だが——こいつは現実に重田の家に入り込み、審査落ちの事実まで突き止めている。

一体、何者なんだ——

押し黙る俺に構わず、エリスは話を続けた。

「あなたがやったことはシンプルです。通常、他人が知り得ない情報を業者に提供すること。言ってしまえば『個人の信用情報』の売買です。お金を貸す人にお金に困っている人の情報を渡し、見返りに情報料を貰う。需要と供給を巧みに利用した、賢いやり口ですね」

エリスはこちらに向かってウィンクした。

「あなたは重田さんが審査落ちしたこと、彼の見た目や言動から、お金に困っている人物だと早合点した。そこで、肥後さんに重田さんの情報を渡し、彼が借金という罠に嵌まるよう仕向けた。まぁ実際はお金を借りる必要なんてないので、あなたの勘違いだったんです。いけませんね、人を見た目で判断しちゃ」

子どもを教え諭すような声音で呟くと、エリスは肩を竦めた。

テーブルキャンドルは既に燃え尽きそうなほど短くなっている。

混乱する頭でタバコに火を付け、煙を吸い込んだところで——ようやく俺も少しは頭が回るようになってきた。

今、この女は俺に揺さぶりをかけている。俺が余計なことを口走ってボロを出すのを狙っている。その手に乗るわけにはいかなかった。

俺はやれやれ、と言わんばかりに呟いた。

「凄い想像力ですね。推理小説が好きとか言ってましたが、読書好きの人は皆そうなんですか。それともあなた、実は警察の方なんですか」

「いいえ。言いましたよね、ただのOLだって。今のはあくまで調べていくうちに辿り着いた、一番あり得る可能性。ただの推測です」

「大体、今の話には致命的な弱点がありますよ。俺が肥後さんに情報を流してた証拠はあるんですか」

女は頷くと、ごそごそと鞄の中を探り始めた。

「ないこともないと思います。この手の情報をやり取りするのに、メールなどの記録が残ってしまう媒体は使えない。一番確実なのは手渡しです。肥後さんがわざわざ毎月来店してたのはそのためでしょう。当然、目立たずやり取りできるものが必要になる――例えば、このメモみたいに」

女がビニールに入った一枚の紙を取り出した。丸まっていたのでわかりづらかったが、瞬時に理解した。

こいつが連絡先を書き損じた時に捨てた、あの一枚目のメモだ。

「先日、失敬したものです。これと同じものが肥後さんの周辺から見つかったら、警察もあなたのお店と肥後さんの会社の利用客との重複を調べてくれるんじゃないでしょうか」

思わぬ反撃に言葉が出なかった。最初に会った時から――スマホを直しに来たあの日から既に――こいつは俺を疑っていたというのか。

「本当はもう少し調べを進めてから伺うつもりだったんです。スマホが壊れたのは災難だったけど、あなたとこうしてデートもできたし、結果的にはラッキーでしたね」

挑発的な言い回しをすると、女は真剣な目でこちらを見据えた。

「あなたは用心深いですから、肥後さんに『殺せ』とも『脅《おど》せ』とも言ってないはずです。お金に困っている人の情報をプロに渡し、お小遣いを貰っていただけ。ちょっとした副業感覚でしょうし、糾弾されることはないと考えていたのかもしれません。でも、あなたのせいで大勢の人が不幸な目に遭っている。今回に至っては人が一人、亡くなっている。その責任は負わなければなりません」

自分の鼓動が速くなっているのがわかった。さっきから必死に考えているが、打開策が一つも浮かんでこない。

落ち着け。あのメモは市販品だ。うちの店のものだと証明はできない。文字だって定規で書いているし、指紋だって絶対に残していないはずだ。

しかし——女の言う通り、遡《さかのぼ》って調べれば、うちの店で審査落ちした人間に対して肥後が重点的に貸付けを行っていた事実はいずれ明らかになる。

俺は現状、店で一番の古株だ。時期的にも無関係を決め込むのは難しい。

となると今すべきことは——

灰皿に灰を落としながら、俺の脳味噌《のうみそ》はフル回転していた。工場の生産ラインでパーツを溶接するように、この後の展開を一気に組み上げ——最終的に、何とかそれらしい論理を捻り出した。

多少の犠牲は伴うが、もう仕方ない。

タバコの火をもみ消すと、俺は顔を上げた。

「そうです。情報を漏らしたのは俺です」

あっさり認めたのが意外だったのだろう、女が「え？」と間抜けな声を上げる。

その姿に、自分でも驚くほど邪悪な思いが湧き上がった。

「……なんてね。そんなこと言うと思いました？」

女がぴくりと眉を上げた。

「お恥ずかしい話ですが、俺も人間です。『ついうっかり』口を滑らせ、そんな噂話をしたことがあったかもしれません」

完全にバレているなら、シラを切り通すのは得策ではない。

だったら作戦変更――『故意でないことを主張する』。情報を漏らしたのはつい「うっかり」つまり過失だ。

肥後はもうこの世にいない。いくらでも誤魔化しは効くだろう。

「それで結局、俺は何の法律に違反するんですかね。個人情報保護法？　それとも電気通信事業法で言うところの守秘義務違反でしょうか。であれば甘んじて受け入れますが、初犯且つ過失なので……何とか罰金ぐらいで勘弁いただきたいところです」

罰金は確か最大でも数十万円だったはずだ。そのぐらいどうとでもなる。

「ええ、せいぜいその程度でしょうね。本当に過失なのであれば」

俺の意図を理解したのか、女の顔に怒りが滲んだ。

俺は余裕たっぷりに微笑み返すと、わざとらしく首を傾げた。

「この場合『本当に過失であったかどうか』を問うのはナンセンスですよ。それこそ悪魔の証明です。疑わしきは罰せず、が、日本の司法の大原則でしょう。俺はこれからも『わざとじゃなかった』と主張し続けます。たとえ真実は――そうでなかったとしても」

そこまで一息で喋ると、俺はグラスの水を飲み干した。

「大体、携帯の購入如きで審査落ちするような人間なんて、遅かれ早かれ金絡みで問題を起こす運命でしょう。そんな奴らの情報を流したところで、世の中が悪くなるわけじゃない」

やられっぱなしだった悔しさから、いつも以上に饒舌《じょうぜつ》になっていた。

「さて。名探偵のあなたはどうするんですか。名推理をご披露いただきましたが、所詮は酒の席での話、証拠にはなりませんよね。証拠がないから鎌をかけてボロを出させようなんて、詰めが甘いですよ」

まだ持ち札があるなら、言い返してくるはずだった。しかし女はひたすら押し黙り、手元のティーカップを見つめている。

「そうかもしれませんね。私は詰めが甘い。あなたの言う通りです」

思った通りだ。こいつにこれ以上の攻め手はない。

完全勝利とは言えないが、痛み分けには持ち込めた。

顔を上げた女は、勝ち誇った表情を浮かべる俺を悔しそうに睨むかと思いきや――

これ以上ないほど優雅に、にっこりと微笑んだ。

「でもその言葉、そっくりそのままお返ししますよ。確かにあなたは賢いです。悪いことをするにも、常に逃げ道を残している。でも残念ながら、ほんの少し――想像力が足りないようです」

妙に芝居がかった言い方とともに、女は眉を下げた。

「一度でも想像したことがありますか。金づると思っていた肥後さんのいる世界がどういうものか。肥後さんが亡くなったことで、どんな影響があったのか」

言っている意味がわからなかった。単なる負け惜しみだろうか。

ぽかんとした表情を浮かべているであろう俺を無視して、女はすらすらと続ける。

「説明する前に一つだけ。私、さっきの話の中で嘘を言いました」

女はビニール袋に入ったメモをテーブルに放った。

「このメモ、実は偽物なんです。本物はとっくに警察に提出済みで、あなたのお客さんと肥後さんの会社の貸付け履歴も確認済み。もう全部、済んだ話なんです。そのうえで――故意であろうと過失であろうと、あなたに刑事罰を科すことはできない。罰金がせいぜいです」

それなら別に問題はない。一部を認める覚悟を決めたからこそ、最悪の状況だけは回避できたのだ。

「ですが――照会に際して、肥後さんの会社が貸金業法に違反した違法金利で貸し付けを行っていたことも同時に発覚しました。要するに――闇金です」

急に出てきた物騒な単語に、思わず拳に力が入る。

「それを知った警察は何をするか。ガサ入れです。対象の家や事務所に家宅捜索に入ることを指します。肥後さんの会社が被った損失は、計り知れないでしょう」

話の続きが読めた途端、身体が微かに強張り始めた。女は哀れむような眼差しで俺を見つめ――そっと目を伏せた。

「理解できましたか。誤った情報を得たせいで、肥後さんは亡くなった。社長が死んだせいで、貸し付け履歴が調べられた。調査が入ったせいで、違法金利が発覚した。その結果、ガサ入れが入って多額の損失が出た。全ては――繋がってるんです。今頃、肥後さんの会社では『社長のミスの原因を作った人物』を血眼になって捜しているでしょうね」

女はテーブルの上のスマホを取ると、クマのぬいぐるみを触った。聞こえてきた無機質な電子音が、それがただのファンシーグッズでないことを如実に示している。

「今夜のやり取りは『今、最もそれを必要としている相手』にお渡しするつもりです。聞いた相手がどう判断するかは、私にはわかりませんが」

急速に押し寄せる理解が俺の次の言葉を奪った。やっとのことで喉から出た音は、すっかり乾き切っていた。

「あんた一体、何者なんだ……」

「さっきから言ってるじゃないですか。出版社のOLです。SNSも見に来てくれたし、会社にも来てくれましたよね？」

「ふざけるな！　この……ペテン師が！」

「ちゃんと会社の中まで入ったか確認しないなんて、詰めが甘いですね」

女は真っ直ぐにこちらを見据えると、静かに言い放った。

「自らの手を汚さず人を陥れる人間は、いつか必ずしっぺ返しを喰らいます。それも——本人にとって一番嫌な形で」

女は手早く帰り支度を済ませると、出口に向かって歩き出した。瞬間、俺の生存本能が、取り得る全ての強硬手段を叩き出す。

スマホを女から奪い、ぬいぐるみを破壊する。

生き残る道は、それしかない。

反射的に立ち上がり、無防備な女の背中に飛びかかろうとしたところで――

後ろから腕をつかまれ、勢いよく床に倒された。

何だ。なぜだ。一体誰が――

首だけを動かし、自分の腕を押さえている手を確認した瞬間、血の気が引いた。

ウェイターの青年だった。あの親しげで、物腰柔らかな――

こいつもグルだったのだ。店選びから何から何まで、全てこの女の手のひらの上――

「いつもありがとう。チップ、置いときますね」

女は万札をレジ脇に置くと、振り返った。

「最後に一つだけ、覚えておいたほうが良いですよ。あなたが頑なに拘《こだわ》っていた、故意か過失かが問題になるのは――法律が有効な世界の中だけです」

呆然と床に転がされたまま、俺はただ、震えていた。起こり得る最悪の未来に、いっそこのまま正気を失いたいとすら願った。

俺は負けたのだ。片桐エリスという――悪魔のような女に。

すぐに恐怖が、絶望が、戻ってきた。身体じゅうをはっきりと、冷たい汗が伝った。

Case 3
潜入

1

「こんな不条理が許されて良いわけないでしょう!」

勢いよくテーブルを叩く音に、メープルは思わず身を縮めた。

薄く開いたドアの向こう、本日の依頼人が鼻息も荒くまくし立てている。

「メープル。今日の依頼はちょっと面倒だから、アンタは顔出さなくて良いわ。悪いけど終わるまでキッチンで宿題でもやってて」

「Legal Research E」社、遡ること十五分前。

衿須鉄児はおやつのワッフルをこちらに寄越すと、完璧な笑顔で微笑んだ。

ボスが芝居めいた態度を取るのは後ろめたいことがある時だ。敢えて理由は追及しなかったが、この程度で誤魔化せると思われるのも癪である。

宿題を十分で終わらせ、ワッフルは美味《おい》しくいただき——ボスの態度を不自然たらしめた案件がどんなものか、興味本位で覗いたところで——飛んできたのが件《くだん》の怒声である。

「はいはい、とりあえず落ち着いて」

革張りソファーの奥に見える、ボスの横顔。久しぶりに舞い込んできた依頼とは思えないやる気のなさである。

「落ち着いてなんかいられません。どうしても証拠が必要なんです」

正面には真剣な表情の依頼人。

黒髪、短髪の三十代半ばぐらいの男性で、ぎょろっとした目は爬虫類《はちゅう》のようだ。目の下のクマも相まって、夜行性というか不健康そうな印象を受ける。

早速、事前にキッチンに運んでおいたノートパソコンを立ち上げた。

予約履歴を確認すると、男の名は灰島涼斗《はいじまりようと》、職業は雑誌記者。相談内容は『その他』、詳細は『小児性愛者《しようにせいあいしや》の告発について』――

思わず画面を二度見したところで、ボスのうんざりした声が響いた。

「日本は小児性愛者《ペドフィリア》への対策が遅れてるのよねぇ」

「仰る通りです。予防も再犯防止策も全く充分とは言えません」

ボスが自分を同席させなかったのは正解だ。こんなテーマで激論が交わされている中にお茶を持っていったら、どんな誤解を受けるかわかったものではない。

「妄想で楽しむならともかく、現実で人様に迷惑をかけるのはいただけないわねぇ」

どこか呑気なボスのコメントに、灰島は苛立った様子で言い返した。

「迷惑どころか、れっきとした犯罪です。許されることじゃありません」

「冗談よ」と肩を竦めると、ボスは仕切り直すようにぱちん、と指を鳴らした。

「アンタがご立腹なのはわかったから。ちゃんとイチから、順に説明してちょうだい」

灰島の依頼内容は要約するとこうだった。

半年前、隣市で児童に対する強制わいせつ事件が発生した。被害者は当時小学三年生の少女である。

英会話教室からの帰り道、何者かによって公園に連れ込まれて下半身を触られたということで、被害届が提出された。

現場に監視カメラはなく、犯人も覆面で顔を隠していたため、捜査は難航したが――被害児童の「声が似ている」という証言と下着に残されたDNAから、警察は最終的に一人の男を逮捕した。

少女が通っていた英会話教室の非常勤講師、早乙女《さおとめ》創真《そうま》である。

「早乙女は地元の名士でもある国会議員の一人息子です」

灰島が鞄から書類を取り出した。

事前に持ち込んでおいた双眼鏡で覗くと、逮捕時の新聞記事と、パーティー会場で撮影された写真のようだった。写っている男は前髪が長く、顔がよく見えない。

「代議士ジュニアにしては覇気のない顔ねぇ」

ほとんど悪口のような感想を漏らしつつ、ボスは記事をテーブルに放る。

灰島は忌々しそうに写真を一瞥すると、身を乗り出した。

「ウチの編集部が被害家族から話を伺う機会を得たんです。中瀬《なかせ》さんというシングルマザーのお宅で、事件の他にも色々と苦労されているみたいで、取材のお礼に弁護士事務所を何軒か紹介しました。最初はどこの事務所も快く引き受けてくれたんですが……後から次々と断りの連絡が入ったんです。奴らが圧力をかけたんでしょう」

「ま、圧がなくても受けたい案件ではないわね。証拠を揃えるのが難しそうだし」

率直すぎる見解に、灰島が眉を顰めた。ボスは涼しい顔で続きを促す。

「とにかく、一度は全滅しましたが、最終的に弁護士事務所は一社、見つかったんです。しかし――うまくいかなかった」

灰島の声が怒りに震えた。

「担当予定の弁護士が何者かに襲撃され、重傷を負ったんです。更に被害家族まで、被害届を取り下げて示談にしたいと言ってきました」

「穏やかじゃない話ねぇ」

「極めつけは奴ら側の弁護士です。中瀬さんに取り下げ理由を確認したところ――相手方の弁護士から『お子さんの心の傷と将来を考えると、お金を選んでさっさと終わらせたほうが良い』と言われ、示談にせざるを得なくなったと」

結局、不本意な形で事件は決着したが、灰島は諦めていなかった。独自に調査を続け、二ヶ月前――粘り強い取材の末に、とんでもない事実を突き止めたのだ。

曰く、早乙女創真は過去に少なくとも四人の児童に対して類似のわいせつ行為を働き、事件になる前に父親の力でもみ消していたのである。

「これが他の被害者リストです」

灰島はボスの前に茶封筒を置いた。

「早乙女は大学で教員免許を取得後、就職はせずアルバイトを転々としています。勤務先は教育関連事業ばかりですし、そこでターゲットを見繕っていたんでしょう」

「悪質な性犯罪者は脳味噌にＩＣチップを埋め込んでトレース管理すれば良いのに」

炎上待ったなしの極論は無視して、灰島は語気を強める。

「取材の詳細は言えませんが、早乙女は九分九厘、黒でした。今度こそ、過去の事件も含め全ての悪事を告発しようとしたんですが――またしても邪魔が入りました」

ボスがほんの少し眉を上げた。

「相手方の弁護士です。事後のマスコミ対策も万全でした。『事実確認が取れない部分がある』と、名誉棄損をチラつかせてきたため、やむなく記事は差し止めました」

「なかなかやり手じゃない。何て弁護士？」

「山村正義《やまむらまさよし》という男です。メディアにも露出が多いのでご存知でしょう。ジャスティス山村、とか呼ばれてる」

「あー……知ってる、昆虫みたいな顔の。全然アタシの好みじゃない」

ボスの好みはこの際どうでも良いが、確かに聞き覚えのある名前だった。

検索すると、派手な作りの公式ホームページがヒットした。トップページには、きっちり固めた七三分けの男の写真。泣きボクロが女性的で柔らかい雰囲気だが、笑顔は嘘くさく——何より顔が、昆虫に。カマキリに似ている。

そうだ。ワイドショーの視聴者相談コーナーで、毎回『ジャスティス！』という決めゼリフと決めポーズで回答するコメンテーターだ、この人。

連想ゲームの間にも話は進んでしまっている。扉に近づき、更に耳をそばだてた。

「それで？　法律事務所じゃお手上げでも、調査会社なら何とかなるかもって？」

「はい。解決できるのは御社だけです」

「あのねぇ。いくらウチが何でも屋でも、限度ってもんがあるわよ。半年も前の事件で、今更できることなんて……」

「衿須先生は元弁護士と伺っております」

室内が一瞬で静まり返った。

別に隠している情報ではないが——ボスの声がわずかに揺らぐ。

「……だったら何だって言うのよ」

「いわゆる『裏メニュー』のことも存じ上げております」

——合法的復讐を把握している。

どうやらこの灰島という男も、なかなかやり手のようである。

灰島は怒りを抑えるように大きく息を吐いた。

「信じられない話ですが、早乙女は先日から再び学習塾でアルバイトを始めたんです。呆れた神経ですよ。どうせ金で解決できると高を括《くく》っているんでしょう」

灰島は顔を上げると、すがるような目でボスの肩を摑んだ。

「『裏メニュー』の依頼と捉えていただいて構いません。早乙女が強制わいせつ事件の犯人だという、確たる証拠を見つけてくれませんか。このまま奴を野放しにしたら、また別の子どもが被害に遭うかもしれないんです」

ボスはしばらく黙っていたが、やがて険しい顔で口を開いた。

「……アンタ、ウチを殺し屋か何かと勘違いしてない？　気持ちはわからないでもないけど……この場合、一番に考えるべきは被害家族の気持ちよ。一度、本人たちが示談を受け入れたなら、他人がとやかく言えることはないわ」

灰島は無言で俯いていたが、静かに立ち上がった。

部屋の隅に置かれたテレビカメラに目をやると、会釈をして事務所から出ていった。

ドアが完全に閉まった後で、メープルはキッチンから顔を出した。

「断ってしまって良かったんですか」

「良いのよ。被害に遭った子どもたちはただでさえ傷ついてるのに、更に大人同士の醜い争いに巻き込むなんて、酷な話でしょ」

この様子だと、聞き耳を立てていたのはバレていたらしい。理性的な言葉とは裏腹に、ボスは珍しく苛立っている。

「ったく。下劣なクソ野郎のくせに、とんだ最強カードね。物理的に半殺しにしようにも、周りのガードが堅い。社会的に半殺しにしようにも、ネガキャンは潰される。弁護士ですら、充分な証拠を用意できないなんて」

ボスは乱暴にソファーに寄りかかると、目を瞑ったまま天を仰いだ。

正面に回り込み、ボスの前に腰掛ける。頭の中で考えをまとめてから、口を開いた。

「これ以上、被害者を増やしたくないという点については、ボスも同じと思いますが」

ボスがこちらを向いた。

「当然、犯罪行為を行う可能性がある者を事前に捕えることはできません。司法の原則に反するからです」

ボスは怪訝そうな表情のままだ。一度深呼吸をしてから、続ける。

「唯一できるとしたら――次の被害者が出ないよう、相手を見張ることだけです。その間に、調査対象と事件を徹底的に洗い直し、証拠を見つける。朝飯前でしょう、ボスなら」

ボスは面倒そうに手を振った。

「要するに、アタシに塾講師のバイトをやれって？　無茶言わないの。アタシは人に物を教えるのが壊滅的に下手くそなのよ？　自慢じゃないけど、学生時代にやった家庭教師のバイトだって、一日でクビになったんだから」

本当に自慢にならない武勇伝である。「名選手、名監督にあらず」とはよく言うが、ボスも似たようなタイプなのだろう。

だが――ここで退くわけにはいかない。

「ボスに見張れなんて言ってませんよ。被害家族に話を聞きに行く、大事な仕事があるんですから」

ようやく、ボスがこちらの意図に気付いた。

「……メープル。アンタ、馬鹿なこと考えてるでしょ」

「馬鹿なことではありません。極めて現実的、且つ確実な方法です」

「却下。ダメに決まってるじゃない」

正直、自分でも何でこんな発想が出てきたのかはわからない。

だが、確信していた。

今回の事件。自分たちのようなはぐれ者でなければ、絶対に解決できない。

どう説得したものか思案に暮れたが、小細工なしの真っ向勝負でいくしかない。

メープルは真っ直ぐに薄茶の瞳を見据えた。

「一連の事件は私にとっても他人事《ひとごと》とは思えません。悪質な小児性愛者は断じて許されるべきではない」

ボスは強張った顔のまま頷いた。

「ですが、相手は非常に賢く、様々な策を弄して隠蔽行為を繰り返しています。過去の被害者たちは泣き寝入りし、このままでは未来の被害者まで増え続ける」

言いながら、声が上ずるのを感じた。

自分は今、憤っている。数多《あまた》の被害者と、告発できない灰島の無念を思って。

「ボスがいつも言ってるでしょう。逆に考えてください。私以外にいますか？　学習塾に通って、ターゲットを見張ることができる小学生が」

ボスは答えない。一向に揺らがない牙城に、こちらが先に折れそうになる。

「ボス以外にいますか？　妨害をものともしない、グレーゾーンに強い弁護士なんて」

ボスは何事か考えるように俯いていたが、すぐに顔を上げた。

「とにかく、ダメったらダメ。何かあってからじゃ遅いわ。それに、あの依頼人
……」

珍しく言い淀むと、ボスはぴしゃりと話を終わらせた。

「……何でもないわ。くれぐれも、余計なことするんじゃないわよ」

2

翌日の灰島からのお礼メールで、エリスは何が起こったのかを理解した。

ウチの秘書に行動力があるのは知っていたが、まさか勝手に依頼を受けてしまうとは。自分の目論見の甘さが招いたこととは言え、悔やんでも悔やみきれない大失態である。

そもそもこの手の案件は、調査の前に慎重な事実確認が必要だ。依頼人の言うことだけを鵜呑みにするわけにはいかないのだが――嘆いたところでもう遅い。「Legal Research《法的調査》」なのか「Legit Revenge《合法的復讐》」なのか方針すら定まらないまま、調査開始である。

まず着手するべきは、早乙女が勧める「わかば進学教室」に見学に行き、入塾手続きを済ませることだった。

防犯ブザー付きの腕時計を巻いてやりながら、エリスはメープルの傍にしゃがみ込んだ。

「灰島には『過去の事件の証拠探し』と『早乙女の今の状況確認』の両面で調査するって伝えたけど、アンタが塾に潜入する件は言ってない。アタシが被害者リストを当たってる間、アンタは早乙女の様子を観察してちょうだい」

絵面だけなら完全に入学式前の親子だが、内心はそんな晴れやかなものではない。

この子はお勉強をしに行くのではない――潜入捜査に行くのだ。

立ち上がったところで、洗面所の全身鏡が目に入る。久々のコスプレ、もとい自分のスーツ姿にも、ため息しか出てこなかった。

いつもの格好で行く気満々だったのに、メープルに止められたのだ。

「今後、ボスが早乙女に接触して話を聞く可能性もあります。いつもの『女性モード』はその時まで温存したほうが良いかと」

確かに、事務手続きなんて誰がやったって構わないが――一丁前に調査の段取りまで心配しているなんて、呆れるほどの聡明さである。

アドバイスに素直に従う自分自身に苦笑しつつ、エリスはメープルの頭を撫でた。

「良い？　くれぐれも、証拠を摑もうとして無茶をしないこと。危ないと思ったら、すぐ逃げること」

どうにも無表情な娘（仮）を見ているうちに、何度目かの不安が襲ってくる。

「って言うか、潜入したところで四六時中見張れるわけじゃないのよね。万一、早乙女のターゲットになったりでもしたら事だし……本当にやるつもり？」

「問題ありません。わかば進学教室は生徒数が約三百六十人、うち女子は半数。私がターゲットになる確率なんて無視できるレベルです」

メープルの返事に迷いはない。言い出したら聞かないのは通常運転だが、ここまで頑固なのは一体誰に似たのだろう。

なおも気乗りしないエリスに、メープルは淡々と告げた。

「ボス、いつまで拗《す》ねてるんですか。いい加減、腹を括ってください」

メープルはその場でくるりとターンを決めると、ぱちん、と指を鳴らした。

「ショーマストゴーオン。幕が上がってしまったなら、やり切るだけですよ」


わかば進学教室は、隣市の中心部からやや外れたところにあった。

大手チェーンではなく個人経営、レベル別の多様なクラス編成を謳っており、地元ではそこそこ有名らしい。明るいパステルブルーの外壁は最近塗り直されたらしく、『わかば進学教室』の看板も真新しかった。

恰幅の良い禿《は》げ頭の塾長の案内に従って、いくつかのクラスを見せてもらった。講師も生徒も積極的に発言していて、授業は活気に満ちている。近隣の同業者と比べて評価が高いのも頷ける内容だった。

　見学終了後、体験テストなるものを渡された。制限時間三十分のところ、メープルは十分足らずで解き終わってしまい、残り時間で暇そうに室内を観察している。

　答案を提出してしばらくすると、塾長がほくほく顔で戻ってきた。

「いやぁ、驚きました。全教科満点ですよ。優秀なお嬢さんですね」

　メープルは黙礼すると「パパ、私ここに入りたい」とスーツの裾を引っ張った。後半のセリフ、特に「パパ」部分に致命傷を食らいながらも、必要書類を記入して手続きを済ませる。

「自習室は毎日開けてますので、好きな時に使ってください」

　塾長は受付横のスペースを手で示すと、時計を見上げた。

「小四の難関クラスはちょうど今からなんですが、参加されますか？　楓ちゃんの実力なら途中からでも問題ないでしょう。生徒には私から説明します」

　メープルは頷くと、エリスに目配せして立ち上がった。

　話が、驚くほどとんとん拍子に進んでいく。

　潜入捜査ってこんな簡単だっけ――とぼやく間もなく、エリスは教室に入っていくメープルを見送った。

メープルが授業を受けている間、エリスは学習塾の付近を探索していた。

この辺りは住宅街だが、国道も近く、昼間から適度な人通りもある。比較的、治安が良い地域と言って良かった。

教育関係者によるわいせつ事件というと、職権を濫用して教え子に手を出すイメージだが、早乙女のやり方は違っていた。

塾内ではあくまでもターゲットを見繕うだけで、実際の犯行現場は全て、路地裏や公園だった。犯行時も覆面で顔を隠していたし、自分の正体は隠し通すつもりだったのだろう。

もし自分が小児性愛者で、不法行為に及ぶとしたらどこか——不審者側の発想で観察してみても、めぼしい場所は見当たらない。

考えられるのは一ヶ所、塾から徒歩五分ほどの場所にある「森林公園」だけだった。

公園といっても遊具はなく、敷地を囲むように木が植えられ、周囲にベンチがあるだけのスペースだった。一番奥には公衆トイレがあり、裏に回れば入口からは様子が見えない。

狙うとしたら、ここだろう。

トイレの裏側に回り、屋根と壁の接合部にカメラを設置して画角を調整する。作業が終わったところで、エリスは無意識のうちにため息をついた。

正直、苦肉の策だ。本来なら隠しカメラは塾内部に仕掛けたいが、いくら何でもそれは不可能。メープルに隠しカメラを持たせるのも、発覚時のリスクを鑑みると現実的でない。

だが、ここなら。

たとえ早乙女が何をしても、一部始終を押さえられる。

しかしそれが意味するのは、同時に「犯行を止められない」ということでもある。

映像という絶対的な証拠を得られたとしても、調査としては失敗だ。

何とかカメラ《これ》を使う前に、新しい証拠を摑めればベストだが——

調査の難度に目眩がしてきたところで、夕方五時を知らせるチャイムが周囲に鳴り響いた。


授業終了の十分前に戻ると、建物の前は迎えの親たちで賑《にぎ》わっていた。基本中の基本だが、まずは情報収集である。

エリスは一番近くにいた女性に話しかけた。

「娘が今日から通うことになりまして。よろしくお願いします」

女性は振り返ると、人懐っこい笑みを浮かべた。

「こちらこそ、よろしくお願いします。お父さんがお迎えなんて、熱心ですね」

「ええ。こちらの塾は進学実績が良く、講師も粒ぞろいと聞きましたので」

「そうそう、どの先生も優秀なんですよ。特に早乙女先生。三週間前に入ったばかりだけど、早くも人気者なの。指導も熱心だし、中学受験組も安心ですよね」

話している途中で、メープルからワイヤレスイヤホンに通信が入った。

「ボス。間もなく早乙女が入口から出ます。グレーのスーツです」

適当に話を切り上げて物陰に移り、スマホのカメラを構える。

「……あら？　結構いい男じゃない」

出てきたのは、思わずそう呟いてしまうぐらいには爽やかな風貌の男だった。細身の長身に、さっぱりした短髪。二重の瞳は目力があり、男前と言って差し支えない。

記事の写真はよほど映りが悪かったのか、根暗そうな雰囲気は見る影もなかった。

エリスはスマホをしまうと、道路の反対側から男に歩み寄った。

「小四の難関クラスの授業はもう終わってますか」

「はい、先ほど終わりました。生徒さんも間もなく出てくるかと」

受け答えも至って普通。とても「卑劣な犯罪を繰り返す小児性愛者」には見えない。

釈然としないまま待っていると、建物から出てきたメープルがこちらに手を振って走ってきた。

3

潜入捜査開始から一週間が経過し、塾に通うのも大分慣れてきた。

初日以降、ボスはここには来ていない。早乙女に顔を覚えられても困るし、調査の都合のつく時だけ送迎してくれることになっていた。

授業は簡単すぎて面白くないが、先生と生徒の動きに集中できるのは好都合だった。

授業のない日も一応塾には行き、自習室で読書をすることにしている。本を読むフリをしながら講師の様子をチェックできるし、生徒からも話しかけられにくいので、一石二鳥だった。

しかし、肝心の早乙女に——不審な様子は特にない。

早乙女は生徒からも人気があるようで、しょっちゅう誰かが質問をしに来ていた。指導も丁寧でわかりやすいし、非の打ち所がない。少々スキンシップが過剰なきらいはあるが、常識の範囲内だろう。

「……楓ちゃん。ねぇ、楓ちゃんってば！」

ひらひらっと、目の前で誰かの手のひらが揺れた。

顔を上げると、ポニーテールの少女——クラスメイトの久保田《くぼた》朱音《あかね》だった。

朱音はクラスのリーダー的存在で、新参者の自分にも積極的に話しかけてくれる、面倒見の良い子である。

「えへへ」と歯を見せて笑うと、朱音は自分の手元を覗き込んだ。

「すっごい集中してたねー。何読んでたの？」

いつも「メープル」とばかり呼ばれているので、時々「佐藤楓」という本名を忘れそうになる。反応の遅れを悟られないよう、軽く咳払いをしてから答えた。

「『赤毛連盟』です。シャーロック・ホームズシリーズの」

ひぇぇ、と可愛らしい悲鳴をあげると、朱音は目を丸くした。

「ホームズって、推理小説？　楓ちゃん、難しいの読むんだね。凄ーい！」

何がどう凄いのかはよくわからないが、とりあえず「ありがとうございます」と返すと、朱音はぷぅっと頰を膨らませた。

「もー、また敬語じゃん。やめようよー、同い年なんだから」

そんなことを言われても、他人とタメ語で喋ったことがない。

「癖なので気にしないでください」と謝ると、ありがたいことに朱音はそれ以上は追及してこなかった。

朱音はポニーテールの尻尾をいじりながら、内緒話をするように声を潜めた。

「私の友達にもホームズが好きな子がいるんだよー。塾じゃなくて、学校のクラスが一緒の子なんだけど。紬《つむぎ》ちゃんって言って……」

不意打ちで出てきた、聞き覚えのある名前。

瞬時に脳内を検索し――答えはすぐに浮かんだ。

「紬ちゃんって……？」

「中瀬紬ちゃんだよ。楓ちゃん、ひょっとして知ってるの？」

知ってるも何も、中瀬紬は「灰島の依頼の話に出てきた、訴訟を取り下げた被害家族の中瀬さん」――要するに、被害者本人である。

その中瀬紬と朱音が友達だなんて――自分は一体どこまで運が強いのだろう。

「知らないけど、どこかで名前を見た気がします」と適当に誤魔化すと、朱音は不思議そうに首を傾げた。何か聞かれる前に表情筋を総動員し、精一杯の笑顔を作る。

「朱音ちゃん。一つ、お願いしても良いですか」

不愛想なクラスメイトからの頼み事が嬉しかったのか、朱音はぱっと目を輝かせた。

そう。頼みたいことはただ一つ――

「ホームズが好きなんて、紬ちゃんとは気が合いそうです。一度会って、お話ししてみたいんですが」

授業が終わった後、急いでボスに連絡を入れた。確か今日は、リスト最上段にあった被害家族を訪問しているはずだ。

数回のコール音の後、ボスが電話に出た。

「どうしたの、メープル？　何か緊急事態？」

心配そうなボスの声。何だかこのやり取りすら、ひどく懐かしい。

「いえ、別件で報告です。偶然ですが、被害者の一人と接触するチャンスを得ました」

ボスが息を呑む気配がした。

「名前は中瀬紬。灰島が取材した親子の、娘のほうです。父親とは既に死別していて、現在は母親と二人暮らしです」

「ちょ、ちょっと待って。何がどうなってそうなったのか、ちゃんと説明して」

ボスにしては珍しく、本気で狼狽《うろた》えているようだ。

「自習室で本を読んでたら、クラスメイトの朱音ちゃんが中瀬紬ちゃんの話をしたんです。二人は同じ学校で、友達同士で――紬ちゃんも本好きということがわかったので『会ってみたい』と伝えたら、仲介してもらえました」

「本好き、ねぇ……ちなみにアンタ、何読んでたの？」

「『赤毛連盟』です」

「……アンタもそういう年相応な本、読むのね」

呆れながらも、ボスの声は弾んでいた。思わぬところから現れたチャンスに、同様に手応えを感じたようだ。

「やるじゃない、メープル。さすがウチの自慢の秘書」

こんなふうに、手放しで褒められるのも悪くない。

「とは言え、紬ちゃんの気持ちを無視して、無理して話を聞こうとしちゃダメよ。中瀬家の様子と、紬ちゃんがどんな子なのかを中心に見てきてちょうだい」


中瀬紬とは駅前のコンビニ前で待ち合わせをした。

朱音と二人で待っていると、約束の時間ぴったりに、ロータリーの向こうから少女が走ってくる。

短めのボブに近いショートヘアに、意志の強そうな目。同年代の中では小柄な自分と比べると、頭一つ分ほど背が高い。

朱音は少女とハイタッチをすると、得意げに話し始めた。

「紹介するね。塾の友達の楓ちゃん。喋り方は変わってるけど、面白いんだよー」

微妙に褒められていない説明に合わせ、ぺこりと頭を下げる。

「初めまして、佐藤楓です。よろしくお願いします」

「中瀬紬です。楓ちゃんって、可愛い名前だね。こちらこそ、仲良くしてね！」

紬は微笑むと、握手を求めてこちらに手を伸ばしてきた。

「じゃ早速、紬ちゃん家に行こっか。確かこっちだよねー？」

勝手に先導する朱音に「もー」とツッコミを入れながらも、紬は握ったままだった自分の手を引っ張る。

「ほら、楓ちゃんも。早く早く！」


紬の第一印象は、見た目通り「活発そうな女の子」だった。

頭の回転も速く、言いたいことがぽんぽん出てくる。こちらから何も言わなくても話しかけてきてくれるので、話題にも困らない。

「楓ちゃん、シャーロック・ホームズが好きなんでしょ？　一番好きなのは？」

「一番を選ぶのは難しいですが、強いて言うなら『四つの署名』です」

「通好みだ！　私は『緋色《ひいろ》の研究』かなぁ。他のもよく図書室で借りてるんだ」

「二人とも、さっきから本の話ばっかでわかんないよー。それより、最近ハマってるユーチューバーの話しても良いー？」

三人横並びでアーケードを歩いていると、前方からサラリーマン風の男性が歩いてきた。

男とすれ違いそうになった瞬間――一番近い側を歩いていた紬が、さっと朱音の後ろに隠れた。スマホを見ていた男は全く気付かず、通り過ぎていく。

突然盾にされた朱音が怪訝そうに振り返った。

「どしたの紬ちゃん、大丈夫ー？」

「うぅん、ぶつかりそうだったから、つい……ごめんね、驚かせて」

紬は首を振ると、努めて明るく笑った。

その顔色が微かに青ざめていたのは――気のせいではなかった。


到着した紬の家は、築年数が相当ありそうな木造アパートだった。屋根のない階段を上り、一番奥の角部屋が中瀬家の住まいである。

「散らかっててゴメンね。入って入って」

「紬ちゃん家に来るの、久しぶりだよねー」

「お邪魔します」

朱音に続いて自分も中に入る。

室内は想像以上に雑然としていた。決して広くない１ＬＤＫのリビングの奥に、干しっぱなしの洗濯物が見える。シンクにはまだ洗っていない朝食の食器が残っていた。

家事は必要最低限の手間で回しているのだろう、子持ちシングルマザーの多忙さが垣間《かいま》見《み》える空間である。

紬は二人に座布団を勧めると、冷蔵庫から麦茶を出してきた。手慣れた様子でグラスに注ぎ、ちゃぶ台に並べていく。

紬がグラスで「乾杯」のポーズを取ったので、合わせてグラスを上げる。かちん、と綺麗な音が鳴ったところで、誰からともなく拍手が起こった。

紬の家にはテレビゲームの類がないため、普段は友達に持ってきてもらうか、カードゲームなどで遊ぶことが多いらしい。今日は朱音も遊び道具を持っていなかったので、唯一、家にあったＵＮＯなるもので遊ぶことになった。

ゲームの合間、たわいのないお喋りに花を咲かせながら、メープルは紬の様子をこっそり観察していた。

朱音のモノマネに爆笑し、自分自身も楽しそうに母親の失敗談を語る――紬はどこから見ても普通の女の子だ。

だが、それでも――先ほど男性とすれ違った際の怯《おび》えた様子を見るに、未だ心の奥で事件を引きずっている可能性は高い。

事件の話は聞けなくても、他に何かヒントはないか――

真剣に考え込んでいるうちに、耳元で朱音の声が響いた。

「おーい、次、楓ちゃんの番だよー」

顔を上げた瞬間、朱音の手が自分のグラスに振れ、派手な音を立てて倒れる。

――がちゃん！

「きゃあっ！」

紬は大声で叫ぶと、耳を塞いで身を縮めた。

うっかりグラスを倒してしまった朱音も、紬の過剰反応に固まってしまっている。

「ご、ごめん！　えっと、何か拭くもの……」

紬はなおも固く目を瞑ったままだ。メープルは鞄からハンカチを取り出すと、てきぱきとテーブルを片付け始めた。

「大丈夫ですよ、紬ちゃん。ちゃんと拭きましたし、グラスも割れてません」

優しく肩に触れたところで、紬はようやく頭を上げた。


そのうちに時刻は夕方の六時を回り、一気に日が落ち始めた。窓の外の変化に気付くと、朱音は慌てて帰り支度を始めた。

「そろそろ帰ろっかー。じゃ、紬ちゃん、またね！」

「お邪魔しました」

二人でばたばたと玄関のドアを開けたところで、女性と鉢合わせた。

「ただいまー……って、いらっしゃい、朱音ちゃん。そっちは……新しいお友達？」

紬の母の中瀬佳代《かよ》だった。仕事帰りなのか、微妙に化粧が崩れている。

「佐藤楓と言います。本日はお邪魔しました」

丁寧な挨拶につられたのか、佳代は一度、背筋を伸ばしてからお辞儀をした。

「こちらこそ、紬と遊んでくれてありがとう。もう遅いから、気を付けてね」

と、今度は突然、紬がスマホを片手に玄関に走ってきた。

「忘れてた、写真！　せっかく楓ちゃん来てくれたから、皆で写真撮ろう！　ほら、お母さんも入って！」

ごく普通のアパートの玄関先、背景に華やかなものは何もない。

それでも佳代が目いっぱい腕を伸ばし、何とか四人を画角に収めることに成功した。写っていたのはほとんど四人の顔だけだった。紬は嬉しそうにスマホの画面を見つめると「また来てね！」と笑顔を浮かべた。


駅までの道を歩きながら、メープルは今日の出来事を思い返していた。

朱音と別れたところでボスに電話をかけたが、留守電だった。メールで報告するべく、順番に文章をしたためる。

「中瀬宅への訪問が終わりました。メンバーは私と久保田朱音ちゃんの二名です。1LDKの比較的古いアパートで、住所は地図のURLにてご確認ください。ちなみに室内は結構散らかってました。家事が追い付いていないのかもしれません」

　次は——紬についてだ。

「中瀬紬はショートヘアの活発な女の子で、好きなシャーロック・ホームズのシリーズは『緋色の研究』。私が聞き役に回っても充分に会話が成立するぐらい、人懐っこくて話しやすいです。麦茶を出してくれたりと、気遣いのできる子でした」

　他に書くべきことは何だろう。会話を思い出しながら、続きに取りかかる。

「三人でカードゲームをやりました。UNOで遊ぶのは人生初でしたが、面白かったです。ドロー4を出すタイミングなど、意外と戦略性があって盛り上がります」

　これはただの感想な気がする。紬の、成人男性とすれ違った際の態度や大きな音に怯える姿については——あくまでも主観的な印象なので、いったん省く。

「帰りがけに母親の佳代さんとも遭遇しました。皆で写真を撮ったので送ります。佳代さんは平日の日中は駅前の惣菜《そうざい》店で働いているそうです。以上、ご参考までに」

　大体の内容をまとめ終わると、メープルは送信ボタンを押した。

＊＊＊

　二人目の被害者宅への訪問を終え、エリスはオフィスに戻ってきていた。

直接、一軒ずつ回って話を聞いてくるのが確実とは言え、基礎調査と並行した連日の移動は意外とハードである。

ましてや今回の事件、話題が話題だ。関係者の口は堅く、なかなか有力な情報が掴めない。

パソコンを立ち上げると、新着メールが入っている――メープルからの報告だった。

読みながら、エリスは感心を超えて何だか感動してしまっていた。

ウチの秘書は本当に優秀だ。小学生ながら、今や立派な戦力である。

UNOをやったのが人生初という問題発言はさておき（折を見て経費で買ってやらなければ）、他の報告は概ねエリスが求めていた内容だった。

ただ一つ、気になるのは――送られてきた写真。

四人の人物がみっちりと画面全体に写っていた。手前のよく似た二人が中瀬親子だろう、満面の笑みを浮かべている。右後ろの朱音という子は、変顔でピース。

しかしメガネの少女だけは――全くの無表情。

これはこれで大いに問題である。

「何でこうなっちゃったのかしらねぇ……」

娘の将来を真剣に危ぶむ父親の如きセリフを吐きながら、エリスはため息交じりにメールの画面を閉じた。

翌日、エリスは佳代の勤め先の惣菜屋前で張り込んでいた。

昼の時間帯を過ぎた頃、店長らしき男性が佳代に声をかけるのが見えた。佳代はそのまま奥に引っ込んでいったので、休憩時間に入ったのだろう。

建物の裏に回ると、店の裏口から佳代が出てきている。

エリスは弁護士モードの営業スマイルを浮かべると、佳代に話しかけた。

「ご休憩中に申し訳ございません。中瀬佳代さんでいらっしゃいますか」

「……ええ、そうですけど。あなたは？」

佳代は不審感を露わにしてエリスを睨み付けた。

「私、弁護士をやっております、衿須鉄児と申します。現在、とある事件の被害者の弁護を担当しておりまして——詳細はお伝えできないのですが、少々センシティブな内容のため、被害者側が訴訟に踏み切るか示談にするかで悩まれております」

「……それで？」

かなり警戒心が強いタイプだ。あるいは弁護士という職業に良いイメージを持っていないのかもしれない。

「過去に類似の事件がないか調べていたところ、中瀬さんのお話が耳に入りまして。不躾《ぶしつけ》な質問で大変恐縮ですが、半年前の事件で被害届を取り下げられた経緯について、詳しいお話を伺いたいのですが……」

「ひょっとして、あの事件のことを言ってるんですか？　今更話すことなんて――」

ぱぁん、と手を叩く音がした。

「これはこれは、エリス先生じゃないですか。それに、中瀬さんまで」

振り返ると、カマキリのような顔の男――弁護士の山村が立っている。

「お二人はお知り合いでしたか。いやぁ、こんなところでお会いするなんて、偶然とは面白いものですなぁ」

歌舞伎役者が見得を切る時のような大仰な物言いをすると、山村は胡散臭《うさんくさ》い笑みを浮かべた。

こんな路地裏にわざわざ出向いておいて、偶然もクソもあったものではない。

エリスは敢えて穏やかに応じた。

「いいえ、こちらが一方的に押しかけただけですよ。今日が初対面です」

「すいません。休憩時間も終わりますので、失礼します」

佳代は二人に会釈すると、そそくさと店内に戻っていく。

残されたエリスは、山村の不快なニヤニヤ顔と真っ向から対峙することになった。

こんなあからさまな妨害を受けては、猫を被《かぶ》ってやる必要もない。

エリスは山村に近づくと、いつも以上に甘ったるい声で囁いた。

「やってくれるじゃない、山村センセ。さすが常日頃から『ジャスティス！』とかワケわかんない決めゼリフ叫んでるだけあるわ」

先手のジャブに、山村の眉がピクリと動いた。

「いやぁ、お恥ずかしい。ま、ああいうメディア受けする要素も必要ですからな」

すぐに営業スマイルに切り替えると、山村は得意の『ジャスティス！』ポーズまでやってみせた。

このカマキリ野郎が——白々しい。

エリスの静かな闘志を無視して、山村は裏口のドアを見やった。

「しかし、中瀬さんも気の毒でしたな。シングルマザーというだけでも苦労が多いのに、お子さんが事件に巻き込まれるとは。まぁ最終的には『お子様の心の傷と将来を考えて』示談を選択されたんですから、賢明なご判断です」

尤もらしい解説を加えると、山村は意地の悪い笑みを浮かべた。

「ところで、エリス先生は前の事務所を辞めてしまわれたとか」

「ええ。今はしがない中小企業の社長よ」

「それはそれは……独立精神が旺盛で結構ですな。

　ですが、気を付けたほうが良い。エリス先生のような優秀な方でも、思わぬ火の粉が降りかかることは有り得ますからな」

脅し文句を隠そうともせず、山村は悠然と去っていった。

4

調査開始から二週間が過ぎたが、エリスの当初の懸念通り、進捗は芳しくなかった。『過去の事件の証拠探し』と『早乙女の今の状況』を調べてはいるものの、どちらからも有力な証言は出てこない。

三人目、四人目のリストの家族を訪ねても同じだった。皆、被害事実は認めたが、詳細を聞き出そうとすると途端に口を噤《つぐ》んだ。家族にとっては一刻も早く忘れたい出来事である以上、蒸し返したところで、新しい証拠など出てくるはずもない。

リストに載っている少女たちは学年も学校もバラバラだった。「早乙女の過去の勤務先に関係している」以外、目立った共通点は特にない。

強いて気になるとしたら――最初の四人の被害状況が似ていることだろう。

相手は覆面をしていたため、子どもたちは皆、顔を見ておらず――被害届の提出前に相手方の弁護士が謝罪と示談の交渉に来たため、家族はそのまま応じたということだった。

敵ながら良い判断だった。

強制わいせつが非親告罪になったとはいえ、先に示談を成立させて被害届が出されなければ、警察は事件があったと認知できない。当然、報道されることもなく、行為を働いた者の情報が露見することもない。

弁護士のフットワークの軽さがモノを言う、正にスピード勝負である。

中瀬親子のケースでは、その対応が間に合わなかったのと――親子ともども徹底抗戦する構えだったからだろう。被害届は受理され、事件化から逮捕にまで事が進んでしまった。

早乙女たちはさぞかし焦ったに違いない。弁護士を襲撃するなど、強硬な手段に出たのもそのためだろう。

メープル側の状況も芳しくなかった。

「早乙女は生徒や保護者とのコミュニケーションが過剰にも見えますが、不審な点は特にありません」

エリスの印象も同じだった。実際、早乙女と喋ったのはせいぜい二、三回だが――悪巧みをしている者特有のいやらしさというか、捻じ曲がった精神が感じられない。

表は善人でも裏では凶悪犯、なんてことはザラにある話だが――そのような二面性すら感じられないのだ。

「ここいらで投げ込むしかないかしらねぇ……リンゴ」

最善手ではないが、待っていても状況は動かない。

ならば、無理矢理にでも動かすまでである。


塾の営業時間の終了間近、エリスは建物の裏手で早乙女を待ち伏せていた。

既に男親として何度か顔を合わせてしまっているので、本日は満を持しての『女性モード』である。

考えてみれば、この状況もメープルの予想通りになったわけだ。子どもの成長は速いと言うが、特に最近の有能ぶりにはエリスも舌を巻くばかりである。

裏口から出てきた早乙女の後を尾け、他の職員がいなくなったタイミングで声をかけた。

「早乙女様ですね。私、こういうものです」

『片桐エリス』名義の調査会社の名刺を差し出すと、早乙女の顔色が変わった。

「……ついに来たか。何が目的だ？　金か？」

まだ何も言っていないのに、妙に攻撃的である。たかり屋か何かと勘違いしているのだろうか。

「ある事件についてお伺いしたいことがあり、お声がけさせていただきました。立ち話も何ですので、どこか別の場所で……」

早乙女は品定めをするようにじろじろとエリスを見ると、ため息をついた。

「なるほど、女性をけしかけて油断させようって作戦か。アンタらも必死だな」

どうも微妙に話が噛み合っていないが、チャンスだ。

調査開始から初めて、早乙女が感情を露わにした。

何かあるのだ――後ろめたいことが。

エリスはわざと目を伏せると、悲しそうな声で畳みかけた。

「私どもは依頼に基づいて各種調査をしているだけです。そのような敵対的な態度を取られるとは――失礼ですが、探られると何か都合の悪いことがおありでしょうか」

一瞬、虚を突かれたような表情になると、早乙女はこちらを睨み付けた。

「とにかく、俺は脅しに屈するつもりはない。逃げも隠れもしないから、話があるなら直接来い。アンタの雇い主にもそう伝えてくれ」

勇ましい捨てゼリフを吐くと、早乙女は走っていってしまった。

＊＊＊

メープルと紬の付き合いは紬の家の訪問後も続いている。

最近ではもう直接やり取りするようになっていて、紬の家でお茶会がてら読んだ本の感想を語り合うのが二人で遊ぶ時の定番だった。

本日のおやつ、メープルが差し入れた紅茶とスコーンをつまんでいると、紬は唐突に本以外の話を始めた。

「朱音ちゃんから聞いたよ。楓ちゃんのお父さんって、凄くカッコ良いんでしょ？」

恐らくエリスのことだろうが、顔はともかく、人間的にカッコ良いかは微妙である。

「正確にはお父さんじゃありません。オネエ……さん兼お父さん、って感じです」

「何それ。変なの」

紬は吹き出すと、棚の上にあった写真立てに目をやった。

写真には赤ちゃんを抱っこした佳代と、隣に立つ優しそうな男性が写っていた。彼が紬の父親なのだろう。

「ウチはお父さん、いないんだ。私がまだ赤ちゃんの頃に死んじゃったらしくて」

黙って聞いていると、紬は慌てた様子で顔の前で手を振った。

「気にしなくて大丈夫だよ！　私は全然覚えてないから、別に寂しくないし……ウチにはお父さん顔負けのお母さんがいるしね」

紬の言う通りだった。あれから何度か佳代とも顔を合わせたが、確かに彼女は「肝っ玉母さん」という呼び名が相応しい、逞しい女性だ。

どんなに忙しい中でも笑顔を絶やさないし、言葉の端々に娘への愛情が溢れている。父親がいないことで娘が傷付くことがないよう、常に気を張っている感じだった。

「学校で『父の日』イベントがある時も、いつもお母さんが来てくれて……『お母さんがお父さんの役目も果たすから』って言ってくれて、本当に嬉しかった」

メープルは気付いていた。話しながら紬の表情が――どんどん暗くなっていく。

「でもやっぱり……お父さんじゃなきゃダメなことってあるんだよね。お母さん一人じゃ手に負えない問題はある、それはわかってる」

紬の言葉は止まらない。両手で掴んだ来客時用のティーカップが、震えている。

「でも、もし本当にお母さんが困ってたなら――どうしようもない状況だったなら――やっぱり相談してほしかったし、一緒に背負いたかったな」

紬は気持ちを落ち着かせるように大きく息を吐くと、カップを置いた。メープルと目が合うと「……急に変な話しちゃってごめん」と力なく笑った。

メープルはただ黙って、紬の背中を繰り返しさすっていた。

駅に向かいながら、ボスへの報告事項を考えていた。

多分に主観的な印象だ。だが恐らくこれは――事実だ。

数回のコール音の後、ボスの応答。挨拶もそこそこに本題に入る。

「ボス。ひょっとしたら紬ちゃんは、被害届を取り下げたことに納得してないんじゃないでしょうか」

突然の報告にボスは黙ったが、すぐに厳しい口調で切り返した。

「……本人がそう言ったの？」

「いいえ、言ってません」

「じゃ、そう判断するのは……」

わかってる。人の気持ちは目に見えない。それでなくても自分は相手の感情を読むのが苦手だし、自分の感情を出すのはもっと苦手だ。

だが、一体どうすれば。

あの紬の様子から「納得」なんて結論を導き出せるのか——自分には純粋に疑問だった。

「言ってませんが、直接話してみたらわかりました——この私でも」

再びの沈黙。ボスは電話口で唸っていたが、やがて降参するように呟いた。

「……アンタがそこまで断言するなら信じるわ。もう一度、そっちの方向で調べてみましょ」

＊＊＊

エリスは再び佳代の勤め先を訪れていた。

事前に確認したところ、今日はあのカマキリ野郎は地方講演中で、前回のような妨害が入る心配はない。

休憩時間ではなく仕事終わりを狙って、エリスは佳代に声をかけた。

「先日はどうも。お話の途中でしたので、続きを伺ってもよろしいでしょうか」

佳代は露骨に迷惑そうな顔をしていたが、エリスは気付かないふりをして続ける。

「単刀直入に申し上げます。被害届の取り下げについて、被害者が納得していないという情報を耳にしたんですが」

「紬がそんなことを言ったんですか⁉」

路地裏じゅうに大声が響き渡った。佳代は慌てて口を押さえると「……場所を変えましょう」と、表通りに向かって歩いていった。

駅前の小さな喫茶店で、エリスは佳代と向かい合って座っていた。夜の時間帯は客も少なく、周りに話を聞かれる心配はない。

注文したコーヒーと紅茶が運ばれてきたところで、佳代は重い口を開いた。

「紬は本当に強い子です。あんな事件に巻き込まれたのに、気丈に振る舞って……警察から話を聞かれた時も、一度も泣いたりはしませんでした」

性犯罪に巻き込まれたら、大人でも情緒が不安定になる。まして小学三年生で泣かずに話ができるなんて、「精神的にタフ」のレベルを超えている。

「ですから、裁判で争うつもりでした。向こうは逮捕前から示談を持ちかけてきましたし、こちらがシングルマザーと侮ってたんでしょうけど……被害届は取り下げないし、徹底的に戦うとお返事したんです」

ここまでは聞いていた通りだった。問題はここから、どうして被害届を取り下げるに至ったのかだが――

「しばらくして、お願いしていた弁護士さんが大怪我をされました。奴らの仕業だと、直感的にわかりました。悪質な妨害に、むしろ私は奮起して――絶対にこんな奴らに負けてたまるか、最後まで戦うぞ、と決意したんです」

佳代はさっきから水もコーヒーも一口も飲んでいない。誰にも言えなかった、溜まりに溜まった感情を吐き出しているようにも見えた。

「次の日には、紬が怪我をして帰ってきました。幸い、擦り傷や切り傷とか、そんなレベルです。話を聞くと、学校帰りに後ろから来た自転車に引っ掛けられたそうで……嫌なことは続くなと、呑気に構えていたんです」

そこで佳代は言葉を切った。どう説明したものか悩むように黙っていたが、再び話し始めた。

「その日の夜——真夜中だったと思います。何だか胸騒ぎがして目が覚めて、ふと見ると、リビングの明かりが点《つ》いてました。寝る前に消し忘れたのかと思ってドアを開けたら……ちゃぶ台のところに紬が座ってました」

その時を思い出したのか、佳代は僅かに目を伏せた。

「紬は……泣いてたんです。寝ている私に聞こえないよう、声も出さずに」

佳代が肩を震わせた。

「この子は強いから泣かなかったんじゃない。深く傷付いているのに、辛《つら》すぎて感情をうまく表現できなかっただけなんだ——ようやく私も理解しました」

佳代は目に涙を浮かべながら、真っ直ぐにエリスを見据えた。

「翌日、相手方の弁護士が今度は職場に来ました。示談の件を再びお断りしたら、最後にこう言われたんです。『娘さんが怪我をされたそうですね、お大事に』——と」

意図するところは明白だった。

「愕然《がくぜん》としました。奴らの仕業だと確信するとともに、私の中でも何かが折れました。主人を早くに亡くして、女手一つで紬を育ててきましたが——あんな子どもにまで平気で卑劣な真似をする、人の心を持たない連中相手に、最後まで戦うのは不可能だと悟った。……負けたんです、私は。紬を守り切る自信がなかった。母親失格です」

佳代がハンカチに顔を埋《うず》めた。すすり泣くような音がやむまでじっと待つと、エリスは静かに問いかけた。

「今の話は警察に伝えたんですか」

「もちろんです。自転車の件については、防犯カメラもない路上だったので特定が難しく……犯人は捕まりませんでした」

佳代は冷め切ったコーヒーを一気に飲むと、思い出したように呟いた。

「それと、灰島さん……雑誌記者の方です。その方にも相談しました。弁護士事務所を紹介してくれたり、色々と良くしてくださったんです」

出てきたのは予想外の名前だった。エリスが考え込んでいるうちに、佳代はさっとコーヒー代をテーブルに置くと、立ち上がった。

「これで満足でしょうか。すいませんが、私たち親子にはもう構わないでください」

ここに来て一気に新しい情報が増えてきた。調査の根本的な見直しを図るべく計画を立てているところで、事務所のインターホンが鳴る。

ドアの向こうに、こういう時に一番頼りになる男――富沢拳が立っていた。

「いらっしゃい、ケンちゃん」

よう、と片手を上げ、ケンはそのまま入ってきた。ソファーに腰掛けたところで、早速いつも通り、姑のような嫌みが始まる。

「テツ。またグレーゾーンか」

「グレーゾーンっていうか確黒《クロ》よ。そっちでは把握してない？　早乙女創真、っていう小児性愛者の変態なんだけど」

「……アイツか。噂レベルでは聞いたことがある。後ろ盾が厄介だから迂闊《うかつ》に手出しはしてないが、別件でも何かネタがあれば、家宅捜索ぐらいまでは持っていける」

警察にも認知されているなら、やりようはあった。「別件でも何かネタ」を提供できさえすれば良いのだ。

「そう言えば、今日は楓ちゃんはいないのか」

ケンに悪気はないだろうが、今のエリスにその問いは堪《こた》える。

「……学校が忙しいみたいで、最近はさっぱり来てないわよ」

興味なさそうに相槌を打つと、ケンは出された紅茶を一口飲むなり眉を顰めた。

「……不味《まず》いな。楓ちゃんが淹れてくれたヤツのほうが百倍うまい」

「出してもらっといて文句言う？」

ついでに自分も飲んでみたが、適当なティーバッグで適当に淹れたお茶は、確かに酷い味だった。

「頼まれてた例の件、調べてやったぞ」

手帳を開くと、ケンは本題を切り出した。

「まず、中瀬紬を引っ掛けた交通事故。やはり犯人は捕まってなかった。タイミングがタイミングだけに、所轄も念入りに調べたようだが――証拠が出なかったようだ」

車やバイクでなく、自転車だったのが最大のポイントだろう。ナンバーが付いていないし、犯行後の処分も容易《たやす》い。

「それから――灰島涼斗について。灰島はペンネームで、本名は君島善人《きみしまよしと》、三十四歳。都内の大学の教育学部を卒業後、現在の出版社に入社。妻帯者だが子どもはいない。勤務態度は至って真面目。やや短気だが正義感が強く、粘り強い取材スタイルが特徴。特に怪しい要素はない。気になることがあるとすれば――」

顔を上げたケンの目が鋭く光った。

「一ヶ月ぐらい前から、奥さんが入院してしまって大変、みたいなことを同僚にこぼしていたらしい。一応裏は取ったが、事実だった」

エリスは真剣な顔で聞いていたが、正直、アテが外れた思いだった。

ここで灰島の悪評でも出ればまだ納得できたが、出てきたのは「正義感が強く、勤務態度も真面目」という真逆の評価。

組み立てていた仮説と全く合わない。

考えてみれば、この調査では何かと想定と違う場面に出くわすことが多かった。調べを進めるうちに遭遇する違和感の数々。

どこかで、何かが食い違っている。

正体の掴めない、気色の悪い感覚を振り払うように、エリスは小さく首を振った。

「ありがと、ケンちゃん。参考になったわ」

いつも通り返事をしたつもりだったが、ケンは怪訝そうな表情のまま立ち上がった。

「……何かあったら連絡しろ。特別に優先対応してやる」

ケンにしては妙に優しいセリフに、エリスは苦笑するしかなかった。


数時間後、エリスはメープルを迎えに行くべく、塾の前で待ち構えていた。

もうとっくに授業は終わっているはずなのに、メープルは一向に建物から出てこない。電話をかけてもコール音が鳴るだけだった。

何かあったのではと頭を抱えていたところで、ようやく通信が入る。

「メープル、今どこ？　迎えに来たから、場所を――」

電話の向こうから「え」と、驚いたような声が返ってきた。

「早乙女から『大事な話がある』と言われたので、裏口からもう出てます。映像に残す必要があるので、森林公園に向かってるんですが」

「何ですって？　ダメよ、そいつと二人っきりになっちゃ。早くそこから――」

「すいません、早乙女が戻ってきたので切ります」

通話終了を待たず、エリスは全力で走り出した。

住宅街を右に抜け、左に曲がり、全速力で目的地――森林公園に入っていく。

奥から微かな話し声が聞こえてきたので、慌ててトイレの裏に回り込むと――

――いた。早乙女と、メープルだ。

早乙女はメープルの前に跪《ひざまず》き、問い詰めるように肩を摑んで揺すっている。

瞬間、エリスの中で何かが切れた。

「ウチのメープルに……汚ぇ手で……」

飛ぶように一気に距離を詰め、早乙女の横っ腹に渾身《こんしん》の蹴りを叩き込む。

「触れてんじゃねぇ！」

鈍い音とともに、早乙女の身体が木偶《でく》人形のように吹っ飛んだ。

早乙女は勢いで近くの茂みに突っ込み、そのまま気絶したように動かなくなった。

人気のない夜の公園。吹っ飛ばされた変態。はぁはぁと息の荒いオネエ。

メープルは目を丸くすると、揺さぶられた弾みでずり落ちた眼鏡を直した。

「ボス。ぶちのめしてしまった後に大変申し上げにくいんですが」

冷静に茂みを一瞥し、次いでエリスの目を見据える。

「――この人は何もしてません。本当に、何も」

5

数日後、「Legal Research E」社。

エリスは調査結果の報告のため、灰島をオフィスに呼び出していた。

灰島はどこか不安そうだったが、エリスがパソコンを取り出すと目の色を変えた。

「アンタの危惧通り、早乙女の奴、新しい職場でもやらかしたわよ。でも今回は動画もバッチリ。見る？」

画面を灰島に向け、再生ボタンを押す。映像はかなり暗かったが、確かに早乙女が女児のスカートの中に手を入れる瞬間を捉えていた。

「……これは正に、動かぬ証拠ですね。ありがとうございます、衿須先生！」

灰島は興奮気味にエリスの手を取った。

「報酬は一週間以内に振り込ませていただきます。振込先は……」

「その話は後で良いから、先に大人の話をしましょ。まずは聞きたいんだけど――」

エリスはソファーに座ったまま、気だるげな笑みを浮かべた。

「アタシは一体いつ、口封じに遭うのかしら？」


長い沈黙の後、灰島は険しい顔で口を開いた。

「……いきなり何を言い出すんですか」

「だってアンタ、早乙女側の人間でしょ？」

「馬鹿な。何を根拠に……」

「大体、最初から怪しかったのよねぇ。だから依頼、受けたくなかったのに……」

灰島の顔がみるみる紅潮していく。

「調査結果については満足していますが、それとこれとは話が別です。衿須先生が一体なぜそんな失礼な結論に至ったか、説明してもらえませんか」

エリスは被害者リストをテーブルに放ると、立ち上がった。

「一言で言うとね。嘘が多すぎるのよ、アンタ」

「私が一体いつ、嘘をついたと――」

「例えば、最初の依頼の時。被害親子は弁護士に言いくるめられて訴訟を取り下げたって言ってたけど、違ったわよね？」

灰島の目が泳いだ。

やはり、肝はここだ。

「タイミングよくカマキリ野郎をけしかけてくれたおかげで、すっかり信じちゃったわよ。直接本人に聞かなきゃ、本音なんてわかるはずないのに」

自嘲気味に笑うと、エリスはソファーの裏に歩を進める。

「被害親子――中瀬佳代さんと紬ちゃんね。佳代さんは言ってた。『取り下げたくなかったけど、同時期に娘が不審な交通事故に遭い、早乙女の仕業とわかった。娘を守るために諦めざるを得なかった。このことは灰島にも相談した』ってね」

灰島の目が見開かれる。

「アンタ――どうしてそんな大事なこと、黙ってたわけ？」

無言の灰島を無視して、エリスはソファーの背もたれに手を掛けた。

「さて、この時点で既にアンタは限りなく怪しいけど、何で黙ってたのかはわからない。そこで嘘二つ目」

エリスが指を鳴らす。その音にすら、灰島は怯えたようにびくりと身体を震わせた。

「アンタ、どうしてこの事件が『連続わいせつ事件』とわかったわけ？」

灰島は鋭い口調で言い返した。

「最初に説明したじゃないですか。早乙女は中瀬紬が通う英会話教室の講師だった。性犯罪者は他の犯罪に比べて再犯率も高いですし、中瀬母子だけじゃなく、他にも被害者がいるのではと考えました」

うんうん、と頷きながら、エリスは続きを促す。

「そこで奴が勤めていた塾を一軒一軒当たって、証言を……その……」

灰島の言葉が止まった。

どうやら――気付いたようだ。

「わかった？　そこから先、続かないでしょ？」

灰島の顔がみるみる青ざめていく。

「そう。もしアンタが今みたいに考えて動いたとしても、本来なら『他の被害者を特定するのは不可能』なのよ」

灰島は唇を噛むと、エリスから目を逸らして俯いた。

「早乙女が勤務先でターゲットを探したところまでは読めても、どの子が狙われたのかはわからない。容姿なのか年齢なのか、はたまた別のこだわりなのか……いずれにしても、中瀬母子の証言だけじゃ、他の被害者の当たりは付けられない。ましてこの手のセンシティブ情報は、刑事事件になってないなら、被害者本人とその家族ぐらいしか知らないこと。誰に話を聞くべきか、見当がつかないはずなのよ」

エリスは灰島の顔を覗き込んだ。

「この時、アンタが取り得る方法は一つ。塾に通う生徒や保護者を片っ端から捕まえて『早乙女という男に変なことをされたことはないか』って、聞きまわることぐらい。運が良ければ一人ぐらい見つかるかもしれないけど——その前に奴らに見つかって、アウトでしょうね」

物騒な言い回しに、灰島の目は明らかに泳いでいる。

「被害者を特定できない以上、早乙女の行為を『連続わいせつ事件』と判断することは不可能。つまり、アンタが四人の被害者リストとともに五体満足でウチに来た時点で、最初から全てを把握してる、早乙女側の人間だってことはバレバレなのよ」

弁解のしようがない、決定的な矛盾——

灰島の拳がわなわなと震え始めた。

「記者って設定にリアリティを持たせるためにリストを用意したんでしょうけど、余計な工作が裏目に出たわね。それと——BからAが導き出せるからって、AからBが導き出せるとは限らないの。ちょっとは論理学を勉強なさい」

エリスは悪戯っぽく笑うと、そっと唇に指を当てた。

「さて、アンタが奴らとグルなのはわかったけど、じゃあ何者なのか。ヒントは二つ」

指折り数えながら、エリスはゆっくりと灰島の背後に回り込んだ。

「一つ目は、灰島涼斗という男についての周囲の声。佳代さんは『良くしてもらった』と感謝してたし、編集部内でも『勤務態度は至って真面目』と高評価。とても嘘つき野郎とは思えない、真逆の評価だった」

灰島が慌てて振り返った。焦点の合わない目が、必死に言い訳を探している。

「二つ目は、早乙女創真と話した時の彼の態度。話しかけた時、彼はこう言ったのよ。『ついに来たか』って」

エリスは意地の悪い声で畳みかけた。

「おかしいわよね？　アンタが本当に彼の周りをしつこく嗅ぎまわってたなら、新たに調査会社が来たところで『今度は調査会社か』とか『またか』とか言うはずでしょ。だけど彼は『ついに来たか』と言った。まるで待ってたかのように。なぜか？」

灰島と目が合った。射抜くようなエリスの視線に、灰島は座ったまま、すっと後ろに身を引いた。

「理由は簡単。あの早乙女創真は、取材なんてされたことがないから。彼は取材される側じゃない、むしろする側――彼こそが本物の、雑誌記者の灰島涼斗」

エリスは立ち上がろうとする灰島の両肩を押さえつけた。華奢な身体からは考えられない力に、灰島は身じろぎもできずそのまま座らされる。

エリスは優雅に微笑むと、ゆっくりと小首を傾げた。

「そうでしょ、依頼人の灰島涼斗さん。いいえ――早乙女創真さん？」

6

「――この人は何もしてません。本当に、何も」

嘘偽りないメープルの証言に、エリスは混乱したまま茂みを見やった。早乙女は意識を失ってしまったのか、さっきからぴくりとも動かない。

この男はメープルに危害を加えていない。だとしたら話をしたかった理由は――

「……まさか、そういうこと？」

瞬間、エリスの頭に稲妻のように――とんでもない仮説が閃《ひらめ》いた。突拍子もない話だが、確かに筋は通っている。

なるほど、これなら――全ての違和感を矛盾なく、綺麗に説明できる。

「……ボス。一体どうしたんですか」

急に黙り込んだエリスに、メープルが心配そうに問いかけた。エリスはくすくす笑うと、ゆっくりと顔を上げる。

「このアタシをピエロ役にしようなんて、良い度胸じゃない」

その場で優雅にターンし、仕上げに決めポーズ。突然、屋外で始まった一人芝居に困惑するメープルなどお構いなしに、エリスはぱちん、と指を鳴らした。

「アンタの言う通りだったわ。直接話してみなきゃ、真実なんてわかるわけない」

そう。自分には圧倒的に足りなかったのだ。関係者との直接の——対話が。

おかげで前提を大きく見誤り、仕掛けられた罠にまんまと嵌まった。

仮にも不和と争いの女神を自称する者が、無様なものだ。

エリスは自嘲気味に笑うと、鞄からスマホを取り出した。

「そうとわかれば、ケンちゃんにも連絡しないとね。あと三つほど追加で、お願いしなくちゃ——」

＊＊＊

呆然と口を開けたままの灰島を無視して、エリスは悔しそうに口を尖らせた。

「ったく、アンタの演技にはすっかり騙されたわ。才能あるわよ」

嫌味混じりのエリスの言葉にも、灰島は何の反応も示さない。ただ、その目に——

明らかな恐怖が浮かんでいる。

「灰島涼斗は早乙女創真を名乗って塾で潜入捜査をし、早乙女創真はそれを利用して逆に灰島涼斗を名乗ってアタシに依頼に来た。これが一番しっくりくる、筋の通った仮説。そこまでわかれば立証は簡単。灰島涼斗を知っている者――編集部と佳代さんに、アンタと早乙女の写真を見せて、尋ねてみるだけ。『灰島涼斗はどっちですか？』って。結果は、聞くまでもないわよね？」

「写真なんて、いつの間に――」

「ウチのカメラがハリボテだとでも思った？」

部屋の隅のテレビカメラを睨み付けると、灰島は小さく舌打ちした。

「そう考えたら、アタシが最初に早乙女を見た時『写真より良い男』って感じたのも納得いくわ。だって彼、アンタなんかより全然イケメンだったし」

余計な一言が気に障ったのか、灰島改め早乙女は一気に声を荒らげた。

「馬鹿馬鹿しい。じゃあ何であの男はわざわざ早乙女創真を名乗ってたんだ」

「囮《おとり》になるためよ。アンタたちをおびき寄せるための」

あっさりとした答えに、早乙女は虚を突かれたように目を見開いた。

「さっきも言った通り、他の被害者を特定するのは不可能に近いけど――見つけたんでしょうね、彼は。根気強い取材で。アンタらはそれに気付いて、彼に警告した。奥さんに怪我をさせるという方法で」

ケンに頼んでいたことの一つ目――エリスは報告メモに目を落とした。

「灰島の奥さんの入院経緯を確認してもらったわ。駅の階段から落ちて骨折、全治一ヶ月。但し本人は『誰かに背中を押された気がする』と話しているそうよ。自転車事故の件といい、アンタらもワンパターンよね」

軽蔑するように吐き捨てると、エリスは肩を竦めた。

「これで灰島は怖気づいて諦める、アンタらはそう踏んでいた。ところが――灰島はむしろ奮起した。とんでもない奇策に出たのよ」

エリスは感心したように頷くと、たっぷりと間を空けて続けた。

「それは自ら『早乙女創真』を名乗り、学習塾に勤めること。わざと不審な行動、例えば塾の生徒や家族に声をかけまくったりしていれば、必ずアンタたちの耳に入り、今度は直接、自分を狙ってくる。そう読んだからこそ、彼は危険を冒してまで潜入捜査なんてものを行ったの」

そう。接触した時の奇妙な態度に、ずっと待ち構えていたかのような発言。

灰島は本当に待っていたのだ。早乙女からの違法なアプローチを。

ところが、実際に現れたのは調査会社の女性で――早乙女たちが色仕掛けを使ってきたと勘違いした灰島は『話があるなら直接来い』と啖呵を切った。

あのとりつく島もない態度の理由は明白だった。

要するに灰島は――エリスを早乙女陣営と勘違いしていたのである。

「さて、そんな灰島の暴走を、今度はアンタたちが逆に利用することを思いついた。

どうせカマキリ野郎の入れ知恵でしょうけど」

　山村とのやり取りを思い出し、エリスは不快そうに顔を顰《しか》めた。

「本物の灰島は勝手に『早乙女創真』を名乗っている。もし、これまで事件化していなかったわいせつ事件の証拠品が灰島の家から出てくれれば、『灰島が早乙女の名誉を貶《おとし》めるために、その名を騙《かた》っていた』という構図になるわよね」

　相手が仕掛けてきた作戦を逆に利用してやれば良い――山村の計画はそんなところだったのだろう。

「ただでさえ後ろ暗いことをしている本物の灰島に、今までの罪もまとめて全部被せるつもりだったのよ。奥さんは入院中で、いくらでもチャンスはあるしね」

　計画がうまくいけば、灰島が自身の無実を証明することは困難だった。いくら過去に妨害があったとは言え、現在進行形で違法行為をしているのは灰島のほうなのだ。

「それじゃ、ウチに依頼に来たのはなぜか？　『灰島が早乙女創真の名を騙って不審な行動をしていた』ことを記録させるため。それだけよ。灰島は小児性愛者じゃないし、見張ったところで証拠なんて出てくるはずないのに――無駄な仕事させてくれるじゃない」

　早乙女は額に汗を浮かべている。

　あと、少しだ。

「ま、合法復讐屋、なんてアングラ稼業をやってるウチだったら、証拠を捏造《ねつぞう》してくれるかもって期待もあったのかもね。失礼しちゃうわ。罠に掛けたことはあるけど、証拠を捏造したことなんて一度たりともないのに」

早乙女が何か言いたげに睨み付けてきた。多分、冒頭に見せたフェイク動画の件を言いたいのだろうが、それとこれとは話が別だ。

ケンに頼んでいたことの二つ目は、警察が保有しているわいせつ防止啓蒙《けいもう》動画の提供だった。エリスは適当な再現VTRの犯人の顔に、灰島――要するに偽早乙女の顔を合成し、早乙女に見せたのである。

急ごしらえの割に出来が良かったので、早乙女はまんまと騙されてくれたわけだが、あんなものは単なる演出だ。証拠の捏造には当たらない。

エリスは悲しそうに目を伏せた。

「最終的に、思惑通りに灰島が逮捕されるとする。いえ――自分たちで証拠をでっちあげてでも、必ず逮捕まで持っていけるシナリオだったんでしょうね。『灰島涼斗』はペンネームで、報道される名前は本名の『君島善人』。アンタが『灰島涼斗』として動いてたことに気付く者はいない――そういう計画だったんでしょ？」

返事はない。それこそが、エリスの推理が事実であることを如実に示していた。

長い長い沈黙の後――突如、早乙女の体が小刻みに震え始めた。俯いた顔も、微かに笑っている。

「衿須先生は優秀ですね。正直、甘く見てました。こんなにも危険な方だったとは」

言いながら、早乙女が勢いよく顔を上げる。獣のような目がこちらを捉えた瞬間、背筋が凍った。

身の危険を感じて後ずさったところで、早乙女が一気に間合いを詰めてくる。早乙女はエリスを本棚に突き飛ばすと、懐に右手を突っ込んだ。

取り出された手に――ナイフが握られている。

「そこまでバレてるなら、衿須先生には死んでもらうしかありませんね」

散らばった本を蹴飛ばしながら、早乙女はゆっくりとエリスに近づいてきた。

「……ほんとアンタって、救いようのない馬鹿ね」

エリスの言葉を命乞いと捉えたのか、早乙女の口元が邪悪に歪む。

「衿須先生らしくないですね。最後の言葉はもう少し美しいほうが良いのでは？」

「逆に考えなさい。アタシが何の策もなしに、悪党を事務所に呼ぶと思うの？」

「……何だと？」

言い終わらないうちに、キッチンのドアが勢い良く開いた。

慌ててナイフを向ける早乙女の足下に何かが飛びつき、次いで数人の男が覆い被さるようにその身体を押さえつける。

三人の警察官の急襲になすすべもなく、早乙女はものの見事に床に組み伏せられた。

「殺人未遂の現行犯――なるほど、大した『別件』だ」

頼んでいたことの三つ目――キッチンの奥から、目つきの悪い敏腕警部補殿が現れた。

「ありがと、ケンちゃん。さっすがぁ」

エリスが頭を撫でようと伸ばした手は、触れる前にしっかり振り払われた。

「これで家宅捜索をして証拠が出れば万事解決だ。複数回事件を起こしているとなれば、いくらコイツのお父様でもフォローし切れないだろう」

後ろ手に手錠を掛けられながら、早乙女はまだ何事か喚いている。

「くそっ！　覚えてろ、このカマ野郎！」

「変態野郎に何言われようが構わないけど」

涼しいエリスの返事に、早乙女は下卑た笑いを返した。

「お前だって職場にガキ侍《はべ》らせてんだろ？　こないだは隠れてたみたいだけど、調べたから知ってるぜ？　可愛い子だよなぁ、ああいう気丈な子ほど泣かせがいが――」

一瞬、時が止まり――エリスの拳はすんでの所で止められていた。

完全に早乙女の顔面を捉えていた右ストレートを、ケンが片手で受け止めている。

「お前の住処《すみか》はグレーゾーンだ。確黒《こっち》に来るんじゃねぇ」

それだけ言うと、ケンは早乙女の背中を小突いて外へと連行していった。


翌日、オフィスのソファーには本物の灰島涼斗が座っていた。

相変わらずの不味い紅茶を出したところで、エリスは改めて灰島に頭を下げる。

「こないだは問答無用で蹴り飛ばしちゃってごめんねぇ。怪我、大丈夫？」

「いえ、仕方ないです。不審な行動をしていたのは事実ですから」

灰島は肋骨《ろっこつ》の辺りをさすると、未だ残っているらしい痛みに顔を顰めた。

あの日、メープルの遅すぎるフォローの後、エリスは慌てて灰島を茂みから助け出し――自らの推理を語った。

灰島がメープルを問い詰めていた理由も、エリスの予想通りだった。単にメープルが中瀬紬と仲良くしていると知って、情報がないか聞こうとしていただけだったのである。

「早乙女の件、刑事さんからも聞きました。奴ら――俺に全部、今までの罪まで被せるつもりだったんですね」

灰島が微かに声を震わせた。

「俺、妻まで巻き込んでしまったことがショックで……わざと早乙女の名前を出して派手に動けば、向こうから来ると思ってたんです。もし痛い目に遭ったとしても、それで奴らの違法性が証明できるなら構わないだろうと」

「アンタの、潜入調査までするジャーナリスト魂を逆に利用されちゃったわけね」

「連中の汚さを甘く見てたんです。最初からあなたみたいな方に相談できていれば、こんなことにならなかったのに」

エリスも同じ思いだった。

正義感が強いのは結構だが、世の中にはそれを遥かに超える悪人が存在する。マトモにやり合うより、搦手《からめて》を使ったほうが安全な場合もあるのだ。

——それこそ、自分がやっているような。

初対面の時より理性的に見える灰島に、エリスは感心したように目を細めた。

「ま、良かったじゃない。最終的に奴らの悪事は暴けたわけだし」

「ええ。でも、妻にはこってりと絞られましたよ。巻き込んだことではなく、捨て身の無茶をしたことについて。もうすぐ退院ですし、好きなだけ言うことを聞いてやらないとです」

灰島は恥ずかしそうに顔を赤らめた。気合いを入れ直すように自らの頬を叩くと、そのままテーブルに頭突きでもしそうな勢いで頭を下げた。

「とにかく。改めて、本当にありがとうございました。潜入中に得た早乙女の情報は全て、余すことなく警察に伝えるつもりです。それと――」

キョロキョロと室内を見回すと、灰島ははにかむように笑った。

「楓ちゃんにもぜひ、お礼を言っておいてください」

客がいなくなった後の執務室は思いの外《ほか》、静かだった。大量に残った不味い紅茶を飲みながら、エリスはしばしソファーで目を瞑る。

結果的に何もなかったとは言え、公園で灰島がメープルに迫る姿を見た時は、冗談抜きで生きた心地がしなかった。思い出すだけで不快極まりないし、胸クソ悪さで反吐《へど》が出そうである。

ましてそれが――娘（仮）ともなると。

「……心臓に悪すぎるわ。ほんとサイテー」

誰にも聞かれない心からのぼやきが、夕闇に溶けていく。

メープルには数日間、休暇を与えてある。本人はきょとんとしていたが、大仕事をやり遂げたことへのせめてもの労《ねぎら》いだった。

だが、それでも――潜入捜査なんてもう二度と、やらせない。本人が希望しようが何だろうが、絶対に。

「……アンタは事務所で、呑気にＵＮＯでもやってくれてれば良いのよ――」

買い置きしたワッフルと紅茶を眺めながら、エリスは疲れ切った声で独りごちた。

Case 4

同類

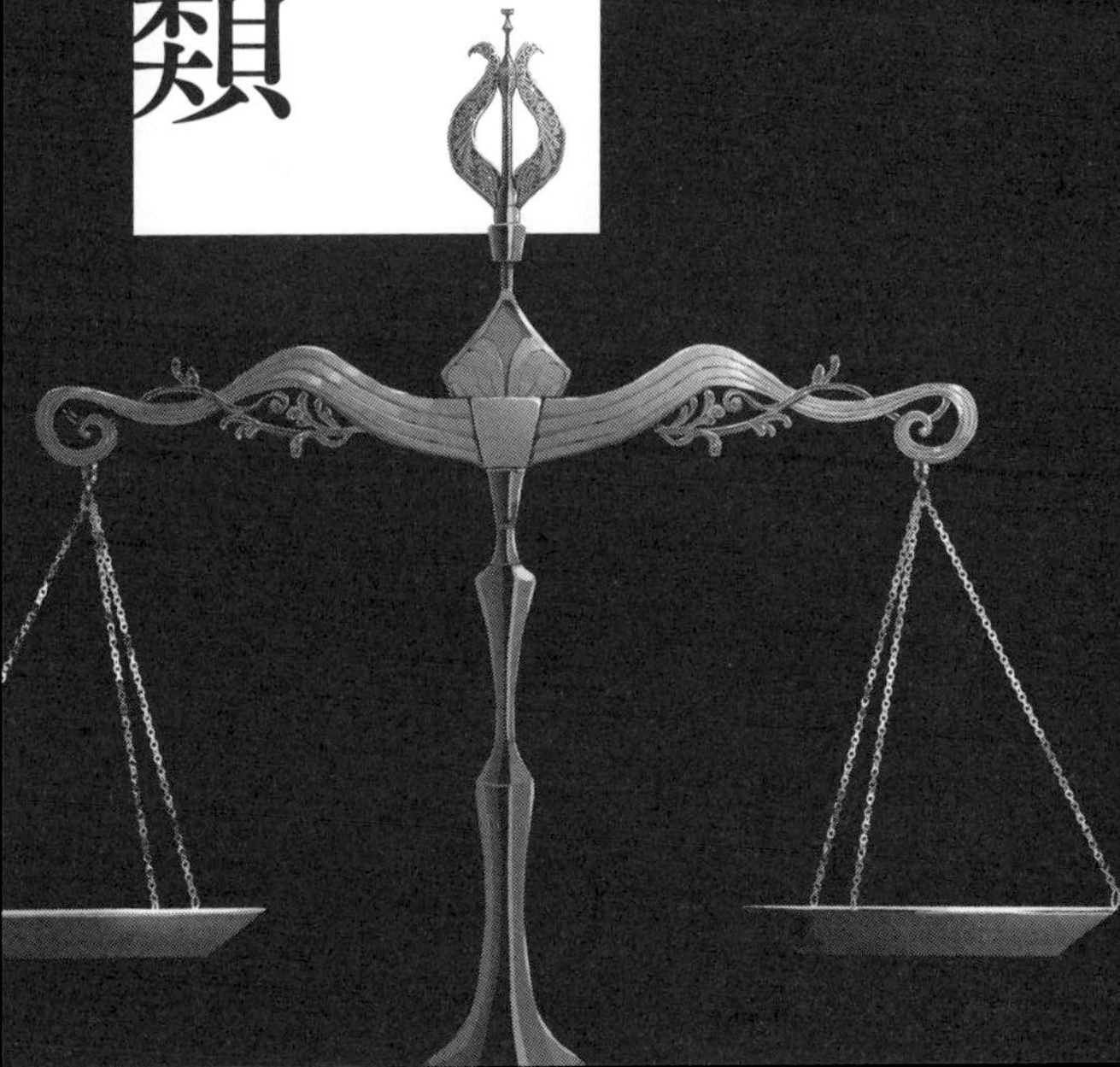

1

テーブルに置かれた紙を拾い上げると、エリスはほんの少し眉を上げた。

印刷されていたのはTwitterのホーム画面だった。ユーザー名は「味亭太《あじていた》」、赤提灯に勘流亭フォントで縦に名前が書かれたアイコン。

「何これ。どっかの居酒屋？」

「いえ、いわゆる暴露系アカウントです。『正義の復讐者』とか言われている」

依頼人——園田《そのだ》琴子《ことこ》はソファーに浅く腰掛けたまま答えた。

琴子は「裏メニュー」の依頼人には珍しいタイプの女性だった。年は四十代後半ぐらい。色白で細面の和風美人で、着物姿で小料理屋でもやっている姿がしっくりくる。

しかし、その表情はどこか虚《うつ》ろで、すっかり憔悴しきっている。

「暴露系アカウント、ねぇ……」

最近のニュースの記憶を脳内で辿っていたところで、エリスにもピンときた。

味亭太——政治家、芸能人など有名人から、果ては悪質クレーマー、いじめ首謀者などの一般人まで幅広く悪事を暴き、個人情報を片っ端からネット上にばら撒く——

Twitterで話題の愉快犯である。

「要は匿名アカウント相手に復讐したいってこと？　経済的な不利益を被ったとか信用を失墜したとか、そんな感じかしら」

琴子は首を振ると、ハンドバッグから一枚の写真を取り出した。

ロングヘアーに垂れ目の可愛らしい女性が、砂浜で潑溂とした笑顔を浮かべている。

「……娘は殺されたんです。味亭太のせいで」

強張った声のまま、琴子は依頼内容の詳細を語り始めた。


園田美海《みなみ》は麗和《れいわ》大学のミスキャンパスに選ばれた女子大生である。

明るく物怖《ものお》じしない性格で、美海は小さい頃から皆の人気者だった。親馬鹿ながら、琴子にとっても美海は可愛い自慢の娘で、周囲に写真を見せては話の種にしていたほどである。

学校の勉強が苦手なところには琴子も苦労させられたが、美海は困った時はすぐに琴子に相談するなど、素直な娘だった。

大学生になったら少しは秘密主義になるかと思いきや、美海は変わらず、授業やバイトの様子を楽しそうに語ってくるので——琴子は呆れながらもどこか安心していた。

転機が訪れたのは、美海が大学二年生になった頃。サークルの友人経由で、半年後の学祭で行われるミスコンテストへの出場を打診されたことである。

琴子の表情が一瞬、当時を懐かしむように穏やかになった。

「家に帰ってきた途端、美海は私に飛びついてきたんです。もしミスキャンに選ばれたら、芸能関係の仕事に就けるかもしれないと……あの時は本当に嬉しそうでした」

その日から、美海のミスコンに向けた準備活動が始まった。

昔と違って、現在のミスコンは容姿やスタイルだけでなく、発信力——いわゆるインフルエンサー的な要素も審査項目に入っている。コミュニケーション能力も重視されるため、美海はあまり得意ではない自己PRにも積極的に取り組んでいった。

尤も、美海の天然なキャラクターは、飾り立てずとも充分に魅力的だった。琴子も何度か動画の撮影に協力したことがあったが、我が子ながら、美海の笑顔にはどこか人をほっとさせるような温かさがあった。

学祭までの日々は順調に過ぎていったが、活動開始から二ヶ月が過ぎた頃から、次第に美海が深夜に帰宅する日が増えてきた。

琴子が聞いても「ミスコンの件でちょっと」と答えるだけで、反応が鈍い。明らかに顔色が悪い時もあったので、琴子は発破を掛けるつもりで美海を励ました。

「ミスコン、お母さんも楽しみにしてるんだから、頑張ってね」

「……うん。大丈夫、任せて」

美海は力なく笑うと、そのまま自室に入っていってしまった。

ある時は、美海の部屋に見覚えのないブランドバッグが置かれていたこともあった。芸能人が持つような高級品で、とても学生のアルバイトで買える代物ではない。

嫌な予感がしたので尋ねてみると、美海は「ファンの人が買ってくれた」とだけ答え、いつもの笑みを浮かべた。

美海の様子がおかしいのは気がかりだったが、相談してこない理由は琴子にもわからなかった。その頃にはもう学祭も間近に迫っていたため、琴子は敢えて問い詰めることはせず、食事や睡眠など、美海の生活面のサポートに徹した。

迎えた学祭当日、美海は見事グランプリを――ミスキャンパスの称号を手に入れた。ステージ上でトロフィーを受け取る娘の姿はため息が出るほど美しく、琴子も思わず目頭が熱くなった。

帰宅後、美海はステージ裏で貰った多くの名刺を見せてきた。とにかく芸能関係の仕事をしてみたいと目を輝かせる娘に、琴子は心からのエールを送った。

だが――幸せな日々は長くは続かなかった。

ミスコンからちょうど一週間後――「美海はパパ活をやっていた悪人である」というネタが、味亭太によって投下されたのである。

黙って聞いていたエリスは静かに口を開いた。

「……それってガセネタじゃなかったの？」

「……ええ。美海も初めは否定していましたが……最後は泣きながら、認めました。でも、よくよく話を聞いてみると——あの子は騙されていただけだったんです」

きっかけはミスコンに誘ってきた友人からの紹介だった。何度か食事をするうちに、会っていた男が学祭に協賛している広告会社の部長であることが明らかになった。友人は美海に頭を下げ、ミスコンの審査結果は男の判断次第であると仄《ほの》めかした。そしてその判断を左右するのが、美海自身の行動だということも。

美海はようやく、自分に求められている役割を理解した。

そんなことをしてまで、という思いが何度も頭をよぎったが、母親も友人も皆、自分の活躍を楽しみにしてくれている。

それに、貰ったお金で服や化粧品を買い、写真をアップすれば、それだけ大勢の人へのアピールにもなった。いいね！の数もコメントも、全てが審査の好材料に繋がっていく。

結局、美海はパパ活を受け入れ、文字通り深みに嵌っていった。

「後になってわかったことですが——その男はミスコンに関して、何の権限も有していなかったそうです。美海は純粋な実力で、ミスキャンパスに選ばれた。騙されていたのは美海だけでなく、友人も同じでした」

震える声で絞り出すと、琴子は悔しそうに拳を握りしめた。


味亭太によるタレ込みは概ね事実に基づいた内容だったが、美人女子大生のセンセーショナルな話題に、世間は嬉々として食い付いた。ネット上には見るに堪えない誹謗中傷が並び、悪意の塊のような画像が連日のように投稿された。

味亭太も、敢えて過激な投稿を選んでリツイートを繰り返し、いわゆる「燃料投下」を怠らなかった。

「一方的な炎上でした。『ミスキャン』だとか『パパ活』だとかいう単語だけが一人歩きして――美海が騙されていたなんて情報は、何一つ広まらなかった」

エリスは試しに「園田美海」の名前を検索してみた。真っ先に出てきたのはＡＶのパッケージのような、下品極まりない雑コラである。

エリスはため息をつくと、話の続きを促した。

「実際に家に押しかけてくる人まで出てきました。殺害予告のような手紙がポストに入っていたこともあります。私も参ってしまって……地獄のような日々が続きました」

琴子は大きく息を吐くと、エリスの目を見据えた。

「でも、一番傷付いていたのは美海でした。大学の前では週刊誌の記者が待ち構えていて、まともに授業に出られない。パパ活に巻き込んできた友人でさえ、美海だけを悪者にして逃げてしまった」

美海はすっかり塞ぎ込んでいたが、それでも辛抱強く大学には通い続けた。

そしてある日の夕食時、美海は泣きそうな声で呟いた。

「……馬鹿な娘で、ごめん。大丈夫……芸能関係の仕事はもう無理だけど、頑張ってちゃんと大学は卒業するから」

琴子は泣きながら、娘を抱きしめることしかできなかった。

そして三週間前——ついに悲劇は起こった。

アルバイトから帰宅途中の路上で、美海は何者かにブロックのようなもので後頭部を殴られ、そのまま帰らぬ人となってしまった。

「警察から電話がかかってきた時のことは、正直よく覚えていません。悪い冗談だろうと——そう自分自身に言い聞かせながら、娘の元に向かいました」

琴子が現場に着いた頃には、既に周囲には立入禁止の規制線が張られていた。アスファルトの上、布を掛けられたような人影と——布の端から見覚えのあるワンピースが見えた瞬間、琴子はその場で泣き崩れた。

幸い、付近には防犯カメラもあり、映像から犯人はすぐに特定された。同じ大学に通っていた藪内政人《やぶうちまさと》という男で、衝動的な犯行だったという。

「できることなら、今すぐ私の手で藪内を殺してやりたい」

琴子の声が怒りに震えた。

「ですが、既に警察に逮捕されてしまっている以上、それも叶《かな》いません。然《しか》るべき罪と——可能な限り重い罰を受けるよう願うばかりです」

そこで言葉を切ると、琴子は泣き腫らした目でエリスを見据えた。

「藪内は娘の熱心なファンだったようで、取り調べの際にこう言ったそうです。『これは復讐だ』『天然ぶってファンを騙していた罰だ』『味亭太が教えてくれた』——」

思わず目を見開いたエリスに、琴子は涙声で訴えた。

「信じられませんでした。そんな自分勝手な理由で、娘は殺されたんです。自分の理想と違ったなんて、くだらない理由で」

琴子は小さく洟《はな》をすすった。

「娘は確かに馬鹿な真似をしました。親としてそれに気付けなかった自分も、ある意味では同罪です。でも、あの子はきちんと反省して、乗り越えようとしていた。あの子は本当に——殺されなければならないほど、悪いことをしたんでしょうか」

琴子の声が、みるみる嗚咽《おえつ》交じりに変わっていく。

「憎い相手は山ほどいます。娘を唆《そそのか》した友人も、パパ活なんて提案してきた男も――娘の命を奪った藪内も、何もかもが憎い。ですが、そもそも――あんな情報さえ出なければ、娘は殺されることもなかったんです。それなのに、直接の原因を作った味亭太とかいう奴は、何の罰も受けずに同じことを繰り返している」

ハンカチに顔を埋めて泣きじゃくる琴子に、エリスは堪らず目を伏せた。

この人もまた、被害者だ。

それも「復讐」によって――新たに生まれた。

「……気に食わないわね、味亭太《そいった》」

そう。気に食わない。何から何まで。

自分も後ろ暗い商売をしている以上、偉そうなことを言える立場ではない。

だが、味亭太《そいった》は明らかに――逸脱している。

自らを正義と妄信し、悪人に罰を与えたつもりでいる。

エリスは琴子の手を取ると、女神のような優しい声で答えた。

「……良いわよ。依頼、受けてあげる」

琴子は目に涙を溜めたまま、何度も深々と頭を下げた。

執務室に残されたエリスは、調査の方向性を検討していた。

依頼を受けたは良いものの、復讐相手が素性不明というのは厄介である。

まずは――「味亭太」の情報を集めることからだろう。

パソコンを立ち上げて調べを進めていくうちに、エリスはすぐに今回の依頼が一筋縄ではいかないことを理解した。

第一に、味亭太のアカウントだ。タチの悪いことに、味亭太のアカウントは固定されておらず――不定期で変わることがあるのである。

過去に、味亭太のアカウントに開示請求がかけられた事例があった。とある学校のいじめ自殺に起因する、一連の誹謗中傷事件がきっかけである。

いじめ事件そのものは、味亭太の告発通りだった。加害者側は全面的に自身の行為を認め、謝罪し――学校側も継続的な調査を実施して再発防止を図ると約束し、亡くなった被害生徒の家族へ謝罪を行った。責任を取る形で校長が辞職し、事態は沈静化したかのように見えたが――味亭太の告発は終わらなかった。

今度は辞職した元校長をターゲットに、住所や氏名、過去の女性関係を含めた個人情報を一斉に晒《さら》し上げたのである。

被害者・加害者がともに未成年だったこともあり、世間の非難の矛先は次第に、元校長個人に向けられていった。

悪質な誹謗中傷が続く中、元校長は遂に、名誉毀損で味亭太のアカウント宛に開示請求を行った。

ところが、開示されたアカウントは全く無関係の一般人のもので——本人は自分のアカウントが乗っ取られている事実すら認識していなかったのである。

味亭太はその間も悠々と別のアカウントから告発を続け、ついには完全にアカウントを乗り換えてしまった。

恐らく、偽の連携アプリを経由して個人のアカウントからIDとパスワード類を抜き出しているのだろう。SNSの利用者全員がきちんと管理しているわけではないし、気付かなくても仕方のないことではある。ネットリテラシーの低い個人を狙った、うまいやり口だった。

また、開示請求まではいかなくとも、通報によって味亭太のアカウントが凍結されるケースもあった。その場合も別のアカウントを乗っ取って復活し、すぐに活動を再開する。

潰しても潰しても何度も蘇る——ゾンビのような生命力である。

第二に、情報の精度だ。味亭太のタレ込みは、信憑性《しんぴょう》が高いことでも有名だった。

ソースは不明だが、過去に晒された悪事は全て事実だったし、中には「現役の捜査一課刑事が違法賭博に興じていた」などというセンセーショナルなネタまであった。

告発がきっかけで不正な政治献金が発覚した例まであるらしい。

これでは、外野が『正義の復讐者』だ何だともてはやすのも無理はない。

エリスはため息交じりにパソコンを閉じた。

一般的に調べられるのは、せいぜいこの程度だ。大体、警察ですらとらえられていない犯罪者の正体を暴くなんて、無茶振りも良いところである。

加えて、相手は情報戦のプロだ。闇雲に突っ込んでいったところで、逆にこちらの「合法復讐屋」業が露呈するリスクもある。

エリスはしばらく考え込んでいたが、やがて意を決したようにスマホの連絡先画面を開いた。


数時間後、「Legal Research E」社に目つきの悪いお兄さん——もとい体良《ていい》く呼び出された苦労人、富沢拳が現れた。

ケンは最初は大人しく相槌を打っていたが、話が味亭太の件に及ぶと、不機嫌さを隠さずエリスを睨み付けた。

「何で俺がお前のグレーな活動に付き合わなきゃならない」

「あら、今回は割と真っ当よ。自己顕示欲モンスターみたいな愉快犯を見つけ出して、懲らしめるの」

お前が言うな、というツッコミを顔じゅうに貼り付けながら、ケンは乱暴にソファーに寄りかかった。

「大体、味亭太の件は警察でも捜査中だ。お前の出る幕はない」

「承知のうえよ。それに捜査一課だって、味亭太には因縁があるじゃない」

「……違法賭博の件なら、遅かれ早かれマスコミにリークされてた。自業自得だ」

用意していた手札は、思いがけず不発だった。

ケンにとって「組織の面子《メンツ》」なんて価値観、そう大層なものではないらしい。

ならば――

「園田美海の事件――ケンちゃんも知ってるでしょ」

ケンが微かに眉を上げた。

「味亭太を放っておいたら、また似たような事件が起こるわよ。『正義の復讐者』の情報をもとに『悪人』に罰を下す――そんな馬鹿が他に出てきたっておかしくない」

実際、有り得ない話ではなかった。

元々『Agitator《アジテイター》』は煽動者《せんどう》という意味だし――長い歴史を紐解《ひもと》いても、自身を『正義』と称して他者を踏みつける事例は枚挙に遑《いとま》がない。

いや、むしろ――人は自分を『正義』と信じている時に最も残酷になる。

最初は本当に善意からだったとしても、行いを正当化し続けた結果、自らの『正義』に合わない全てに対して排除することを躊躇《ためら》わなくなるのだ。

ケンは答えず、お茶請けのマドレーヌを口にした。頬袋を膨らませたハムスターのような姿はどうにも可愛らしくて緊迫感がないが、表情は真剣である。

たっぷり数分間の沈黙の後、ケンはようやく口を開いた。

「さっきも言った通り、一課の俺は大っぴらには動けない」

エリスから視線を外さないまま、ケンは深々とため息をついた。

「……が、お前の意見も一理ある。警察としても、模倣犯の発生は避けたい」

期待に満ちたエリスの眼差しを一蹴するように、ケンは冷たく言い放った。

「有識者を紹介するだけだ。調査はお前がやれ」

「さっすがケンちゃん、話わかるぅ」

飛びついて頭を撫でようとするエリスの手を、ケンは乱暴に振り払った。

その表情に何か――陰のようなものが滲んでいたのは、気のせいではなかった。

2

霞ケ関駅《かすみがせき》の出口から真っ直ぐ進んで左手にある建物が、東京都を管轄する警察の総元締め、警視庁である。

待ち合わせ時刻の五分前に到着すると、入り口には既にケンが立っていた。エリスの姿を認めると、ケンはついてこい、と顎をしゃくった。

「今日の訪問先は『生活安全部サイバー犯罪対策課』だ。後輩が所属してるんで、仲介してもらった」

エレベーターに乗りながら、ケンが手短に説明する。

大っぴらには動けないと言っていたものの、話を聞ける段取りが付くぐらいには協力関係にあるらしい。

「名目はセキュリティ雑誌の取材ってことにしてる。個別の事件の話は聞けないが、捜査方法の参考にはなるだろう」

エレベーターを降り、二重、三重のセキュリティゲートを抜けると——前方に『サイバー犯罪対策課』のプレートが見えてきた。

ケンの後ろに続いて中に入ると、意外なことに、フロアは一般的なオフィスの雰囲気とさほど変わらない。

ドラマや映画で見るような、高度なコンピュータ類は別室にあるのだろう。そしてあの、やたら画面映えする半透明のモニター類や近未来的なプロジェクターは——現実には存在しないに違いない。

ケンがキョロキョロと辺りを見渡していると、眼鏡の男が入り口まで走ってきた。

「富沢先輩。ご無沙汰してます」

「よう、松尾《まつお》。忙しいのに悪いな」

どうやらこの男がケンの後輩らしい。ケンより更に小柄で、神経質そうに眼鏡をいじっている。

　早速、用意していた偽名刺を取り出した。

「情報犯罪コンサルタントの片桐エリスです。主にデジタル・フォレンジック技術や情報セキュリティ対策についての記事を書いてます。よろしくお願いします」

「あ、えっと、松尾です。こちらこそよろしくお願いします」

　こちらに一切目を合わせないまま、松尾はぺこりと頭を下げた。


　用意された会議室でケンと並んで待っていると、入り口から松尾と、ストライプのスーツの男が入ってきた。

　年齢は三十代後半ぐらいで、黒髪にキツめのパーマ。顔のパーツ一つひとつが大ぶりで、南国系というか派手な印象だ。

「初めまして。捜査九係、係長の鴨志田《かもしだ》です」

　挨拶もそこそこに、鴨志田はエリスに握手を求めてきた。

「片桐エリスです。本日はよろしくお願いします」

エリスは鴨志田の手を取ると、舞台のワンシーンのような優雅な笑みを返す。

鴨志田は露骨に嬉しそうな顔で、照れたように頭をかいた。

「いやぁ、こんな綺麗な方から取材を受けるとは思ってませんでした。あ、すいません、こういうのは最近じゃセクハラですよね。カットで」

何となく、インタビューの先行きに不安を覚える口の軽さである。

一応、取材テーマは『個人情報を狙う悪徳業者の手口』というとっつきやすいものにしていたが、本題に入る前から鴨志田は絶好調だった。

「最近は我々よりマニアックな連中がうじゃうじゃいましてね。やれ違法電波を使った無料携帯だの、やれ百メートル飛ぶスマホの改造無線だの、やれお買い物ポイントの不正取得だの、やりたい放題です」

席に着いた途端に苦労話をペラペラと語り出すと、鴨志田は大袈裟に肩を竦めた。

「手口もどんどん複雑化、高度化してまして、警察側としても情報のアップデートが欠かせないわけです。皆、そのような連中を相手にできるのは自分たちだけという、確かな自信とプライドを持って職務に当たっておりまして……」

思わずケンと顔を見合わせたところで、松尾の助け船が入った。

「あの、係長。そろそろ……」

「お、そうだな。じゃ、松尾、先にウチの組織について説明してあげてくれ」

松尾はほっとしたように息をつくと、用意していた資料を配った。

「我々の所属する『サイバー犯罪対策課』ですが、いくつかの係に分かれています。不正アクセス、電子計算機使用詐欺、ネット上の殺害予告など、捜査内容は多岐にわたりますが――大まかなジャンルによって対応する係が異なります。私どもの九係は『ネット上の有害情報の発信元に関する調査』が主な業務です」

簡略化された組織図を見ながらイメージを膨らませる。確かに「味亭太」を追いかけるなら、彼らの部署が適任だろう。

「なるほど。有害情報の発信元を特定する……正に『個人情報を不正取得しようとする輩《やから》を取り締まる』要《かなめ》の部署というわけですね」

気を良くしたのか、鴨志田は松尾に任せたはずの説明を再び引き取った。

「個人情報と言っても、その流出経路は様々です。不正な業者による攻撃より、実は基本的な防御を怠ったことが原因であることが多い」

「例えば、ソーシャル・エンジニアリング――機械を介さずＩＤやパスワードを取得する方法でしょうか。管理者のふりをして電話でパスワードを聞き出したり、ユーザーの後ろから盗み見たり」

これらはエリスが調査に際して日常的に行っていることでもある。原始的なやり方だが、充分に重要な情報が入手できるので、効果は侮れない。

鴨志田がほぉ、と顔をほころばせた。

「さすが、専門家の方は博識でいらっしゃる。特に日本はパスワードに対する危機意識が希薄で――カフェでパソコンの画面を剝《む》き出しにして仕事をしている者もいますからね。プロから見れば、頭がおかしいとしか思えない」

顔を上げると、松尾が心配そうな目でこちらを見ていた。今日初めて彼と目が合った気がするが、意外と小動物系の可愛らしい顔立ちである。

「興味深いお話です。ぜひ、九係さんの詳しいお仕事の内容も伺いたいわ」

エリスは松尾にだけ見えるようウィンクした。これで話を戻せる――と期待したのも束の間、松尾は顔を真っ赤にして立ち上がった。

「そ、そう言えばお茶をお出ししてませんでした。失礼しました！」

言うが早いか、駆け足で会議室から出ていってしまった。

再びケンと顔を見合わせていると、鴨志田が呆れ顔で頭を下げた。

「お見苦しいところを申し訳ありません。松尾《アイツ》は実家が広尾《ひろお》のお坊ちゃんで、あの年で未だに実家住まいで。女きょうだいはいないわ職場に女性は少ないわで、女性と話すのに慣れてないんです、私と違って」

まったくフォローになっていないフォローに精一杯の愛想笑いを浮かべながら、エリスは内心で毒づいた。

マトモに会話すらできないのに、どうやって情報取れって言うのよ――

なおも続く鴨志田の自分語りはもう、耳に入ってこなかった。


当初の懸念とは裏腹に、その後の偽インタビューはスムーズに進んだ。頃合いを見計らって、エリスはようやく今日の本題を切り出した。

「ところで、巷《ちまた》では『味亭太』という暴露系アカウントが話題ですが、警察の見解はいかがでしょうか？」

鴨志田が大きく咳払いをした。

「件《くだん》のアカウントですが、鋭意捜査中です。『正義の復讐者』を気取っているようですが、やっていることはただの卑怯な密告ですよ」

多分に主観交じりのコメントである。今度は松尾に水を向けると、松尾はずり落ちた眼鏡を直しながら答えた。

「警戒すべきアカウントですね。何度でも蘇り、尻尾すら摑めない。賞賛の意図はありませんが、凄腕であることは間違いないでしょう」

ちょうど一時間で取材を切り上げると、エリスは二人に礼を言って会議室を出た。

帰りがけに鴨志田が連絡先を訪ねてきたので、松尾と同じ偽名刺を渡す。鴨志田はあからさまに哀しげな顔をしていたが、面倒なので気が付かないふりをした。

　ケンとともにエレベーターに乗り込み、深々と一礼する。扉が閉まり切ったところで、エリスは盛大にため息をついた。

「もう、何で両極端なのよ。松尾さんは真面目そうだけど挙動不審だし、鴨志田さんは自慢話がうっとうしいし。足して二で割ったような人、いないの？」

「いないな。あの部署にいるのは変人だけだ。鴨志田は見ての通りのお喋り野郎だし、何なら松尾はまだマシなほうだ」

　ケンの鴨志田評はどうにも手厳しいが、エリスの肌感覚も同じだった。あのテンションとマトモにやり合うのは、一時間が限界である。

　並んで建物を出たところで、見計らったようにエリスのスマホが鳴った。画面を見ると、発信元は――隣にいるケンだ。

「さて、俺はもう一度、今度は捜査一課として奴らに話を聞きに行く。くれぐれも通話は切っておけよ」

　エリスも驚くような屁理屈をこねると、ケンは振り返らず中に戻っていった。

　この辺りは官公庁ばかりで近くにカフェが少ないので、エリスは日比谷《ひびや》公園に向かって歩いていった。天気も良く絶好の散歩日和だが、イヤホンに全神経を集中しているので、景色を楽しむ余裕はない。

繋ぎっぱなしの通話に耳をそばだてていると、がさごそとした音の後、ケンの声が聞こえてきた。

「松尾、さっきはありがとな」

「先輩の頼みですから、お安いご用です。それにしても綺麗な方でしたね。女優さんかと思いましたよ」

「……そう見えなくもないな。俺は全然好みじゃないが」

嫌味を聞かされたと思ったら、今度は耳元に鴨志田の大声が響く。

「おおぃ、富沢ぁ！　あんな美人が来るなら先に言えよ！　失敗したなぁ、もうちょっと良いスーツ着てくるんだった」

清々しいほどにデリカシーのない発言を無視して、ケンは声のトーンを落とした。

「今度は一課の仕事だ。さっきの話にも出てきたが――味亭太の件、どうなってる？」

「……言ったろ。鋭意捜査中だ」

鴨志田の声からおちゃらけた雰囲気が消えた。

「外向けの話は良い。容疑者はちゃんと絞れてるんだろうな」

僅かな沈黙の後、今度は松尾の声がした。

「良いんじゃないですか。一課も無関係じゃないですし、確度も高い情報です」

「ったく、仕方ねぇな……じゃ、お前が責任持って説明しろ」

「はい」という返事とともに、背後でパソコンを操作する音。

画面が見えないのは痛いが、さすがにテレビ電話を繋いでもらうわけにもいかない。

エリスはスマホの録音ボタンを押すと、メモを片手に続く言葉を待った。

「……まずは味亭太の活動傾向からです。奴は定期的に、大体三日に一回ぐらいのペースで『悪人』の悪事を暴露します。その後しばらく間を空け、今度は見せしめのように第二弾——関連人物の個人情報を暴露していきます」

周囲が勝手に盛り上がり、先んじて別ルートから個人情報が出てしまうケースもあったが、確かに味亭太はそのような動きをしていた。

「流出させている悪事も個人情報も、全て事実です。『悪人』とされる対象も多岐にわたり、被害者同士に特段の共通点もないことから——奴は個人や企業のパソコンやサーバー、ネットワークに侵入し、確実な情報を得たうえで流出させているものと考えられます」

この辺りは想定していた手口通りだった。そうでなければ、冤罪《えんざい》率ゼロパーセントなんて神業は続けられるものではない。

「当然、高い技術力と知識が必要です。セキュリティ対策も進化してますし、いわゆる踏み台——他人のパソコンやサーバーを経由して証拠を残さないようにすることも、今は簡単ではありません。以上より、味亭太は『クラッキングに関する深い知識と技術力を持ち、且つ実行できるリソースを持った人物』と考えられます」

そこで松尾は言葉を切った。ケンの理解を待つような間を空けつつ、続ける。

「この条件だけで容疑者を絞り込むことはできませんが、ある事件が奴の正体を摑むきっかけになりました」

「……一課の、違法賭博の件か」

「ええ。あれは完全に警察の内部情報でしたから。警視庁のサイト及びデータベースへのアクセス履歴のうち、リークされた日から遡って三ヶ月分のデータを改めて精査したところ、不審な履歴が三件、確認できました」

「三件か。全部、同じ奴か？」

「いいえ、別人です——順番にお見せしますね。一人目は天童修平《てんどうしゅうへい》。十七歳の高校生です」

聞こえてきた情報のインパクトに、エリスは自分の耳を疑った。

「不正アクセスを仕掛けてきたIPのうち一つは別のIPに偽装されていました。元になるIPを辿っていったところ、四ツ谷《よつや》にある私立高校のパソコン室だったんです。教師や生徒の中で、この手の技術に明るい者がいないか確認したところ、皆が口を揃えて名前を挙げたのが天童でした」

学校経由でアクセスしてくるなんて、度胸のある若者である。それだけ自分の実力に自信を持っているのだろう。

「天童は両親が海外で会社を経営しているため、都内で一人暮らしです。充分に裕福なはずですが、プログラミングのアルバイトで小遣い稼ぎもしているようですね」

腕さえあれば年齢に関係なく稼ぐことができるなんて、時代も変わったものだ。エリスは妙に感心してしまった。

「なるほど。間違いなくこいつの仕業と断言できるわけではないんだな」

「ええ。限りなく黒に近いグレー、といったところです」

続けて松尾は二人目のプロフィールを読み上げた。

「福部《ふくべ》亜希子《あきこ》。二十八歳の会社員です。前職は大手家電メーカーのエンジニアで、会社のネットワーク経由で同業他社や個人に何度もＤｏＳ攻撃を行うなど、迷惑行為を行っていた履歴があります。今は転職して丸の内《まるのうち》の出版社に勤めていますが――」

少々面倒そうなタイプだった。迷惑行為そのものに価値を見出すタイプだと、問題行動を咎《とが》められた際にエスカレートしやすい。

「彼女も同様に不正アクセス履歴から判断したんですが、こちらはＩＰ偽装ではなく、一般人のパソコンを経由しての四重の踏み台でした。但し、この件も明確に彼女がやったと断定できるものではありません」

「なるほど。こちらも黒寄りのグレーか」

「最後に三人目ですが――」

「俺の勘だと、一番怪しいのはこいつだ。というかこいつだけ、ほぼ前科者だ」

　突然、鴨志田の野太い声が割り込んできた。

「清野陽三《せいのようぞう》。元々は大手システムインテグレーターのエンジニアで、子どもの頃からクラッキングを趣味にしてたような、典型的な愉快犯だ。今は麹町《こうじまち》の自宅にオフィスを構えてフリーのエンジニアを名乗ってるが――裏じゃ『SAY★YA』というハンドルネームで、依頼に基づいて特定の企業に不正アクセスを仕掛けてデータを盗み取る、みたいな商売をやっているらしい」

　微妙に同業者じみた男である。苦笑しつつ、エリスは更に耳をすませた。

「こいつは警視庁のサイトだけじゃなく、奥の事件データベース、更に奥の内部人事情報にまで侵入してきた。システム側で無効化が働いたおかげで、さすがにこっちも気付いて――奴の家に家宅捜索に入った」

　鴨志田の声が一瞬、当時を思い出したように勢いづいた。

「部屋にあった全てのパソコンやスマホを押収して徹底的に調べたが、ＩＰの偽装も踏み台の形跡も、侵入時のＳＱＬインジェクションの痕跡も見当たらなかった。結局、証拠不十分でお咎めなしだ」

悔しそうな鴨志田には特に興味もない様子で、ケンは淡々と応じた。

「要するに三人全員が、危険を冒してまで警視庁に不正アクセスを仕掛けていたわけか。一人は味亭太だとして——残りの二人の目的は何だ？」

「さぁな。だが、清野も狙ってたように、警視庁の事件データや人事情報なんて悪用できるネタの宝庫だ。クラッカー野郎どもにとっては、喉から手が出るほど欲しい情報なんだろうよ」

そこで僅かな沈黙が落ちた。エリスが通話を切ろうか迷っていたところで、ケンが口を開いた。

「状況はわかった。絞れてると言えば絞れてるが、決め手に欠けるな。その程度の疑いじゃ、お前らも動きようがないだろ」

「……だから捜査中と言ったろ」

通話先で繰り広げられる舌戦に思わず身構えたが、ケンは相変わらずのマイペースで、さっさと次の話題に移った。

「それと一つ気になったんだが、お前ら、まるで味亭太が単独犯と確信してるような話しぶりだな。複数犯の可能性はないのか」

尤もな指摘だった。実際、世界的に有名な某ハッカー集団——彼らの流儀で言うと『ハクティビスト』——も、全世界に複数の構成員を持つ大規模な組織である。

「今のところ、複数犯の可能性は低いと考えられます」

松尾の回答に、再び鴨志田が割って入る。

「念のため、三人の通信状況は定期的に監視してるんだよ。だが、こいつらが互いにやり取りをした履歴はない。通常のブラウザからはアクセス不可の、ダークウェブ経由の可能性もあるが――そっちも既にチェック済みだ」

通信履歴まで確認済みなら、単独犯説は妥当な判断だった。鴨志田はため息交じりに話を締めくくった。

「要は、Twitterの暴露アカウントは共同利用が可能だとしても、事前に情報をやり取りしないと、誰の情報をいつどうやって暴露するか制御できねぇだろって話だ」

「なるほど。事前の意思疎通なしにアカウントの運用は難しい、ということか」

納得したような相槌が聞こえたが、すぐに「待てよ」というケンの声。

「アナログなやり方なら意外といけるんじゃないか。警察の裏をかいて、健気に文通してる可能性だってあるぞ」

ケンにしてはまずまずなジョークが飛んだところで、通話はぷつりと途切れた。

エリスは公園のベンチに腰掛けると、大きく伸びをした。

容疑者が三人にまで絞られているなら、話は早い。まずは全員の素性を洗って――

調査の段取りを考えているうちに、スマホにメールが入る。

ケンからだった。

先ほどの三人の名前と連絡先に、パソコンの画面を撮影したような粗い写真が添付されていた。これで何とかしろ、ということだろう。

「さっすがケンちゃん。何だかんだで優しいんだから」

庁舎に向かって投げキッスを飛ばすと、エリスは颯爽と歩き出した。

充分だった。警察は証拠がなければ動けないかもしれないが、こちらはただの中小企業である。

それも――アングラ専門の。

不和と争いの女神は、誰よりも自由なのだ。好きな時に、勝手気ままに動くだけである。

3

園田美海の事件からしばらく経った後も、ワイドショーや雑誌は『味亭太』の話題で持ちきりだった。

当初は美海についても「パパ活の子」と扇情的な話題ばかりが先行していたが、薮内の犯行のきっかけが味亭太のタレ込みと判明して以降は、潮目が変わった。

マスコミは手のひらを返したように味亭太の行為を糾弾し、まるで社会の敵かのように報道する番組も増えてきたのだ。

世論の多くも味亭太には否定的だった。今まで『正義の復讐者』ともてはやしていた連中も、死人が出てはそうも言っていられなくなったのか——ネット上でも実社会でも、味亭太へのバッシングはどんどん加速していった。

味亭太の正体を探ろうとするユーチューバーが現れたり、自分こそが味亭太と名乗り出る者が現れたり、事態は異様な盛り上がりを見せたが——本物は変わらず定期的に、『悪人』の情報を発信し続けている。

マイペースというかブレないというか、ある意味では見上げた胆力である。

偽取材の数日後には、清野の家宅捜索に関する資料がケンから送られてきた。

前回の取材だけでも充分だったが、必要な情報は全て寄越してくれるつもりらしい。妙に手厚い対応だが、ケンのことだ、何か理由があるのだろう。

押収物リストや資料写真を眺めているうちに、エリスは妙なことに気が付いた。

大規模な不正アクセスを仕掛けていた割に、機材の数が少ない。

恐らく清野は、何らかの方法を使って、事前に家宅捜索の情報を得ていたのだろう。

本物は隠すか処分するかした後、ダミーの機器類をセットして警察を迎え入れたに違いない。

資料には押収されたスマホのデータもあったが、中身は連絡先のみだった。こうなると天童と福部のスマホも同様に調べたいが、さすがに正攻法では難しい。

エリスはソファーで本を読んでいるメープルを見やると、猫なで声で話しかけた。

「メープル。アンタに協力してほしいことがあるんだけど、外に出られる？」

ぱたん、と本を閉じると、メープルは無表情のまま答えた。

「協力するのはやぶさかではありませんが――出張手当は出ますよね？」

手始めに、エリスは天童のマンションを訪れていた。

プログラミングで儲かっているのか仕送りが多いのかは定かでないが、高校生が赤坂のマンションで一人暮らしというのも豪勢な話である。

インターホンを鳴らすと「……はい」と無愛想な返事が聞こえてきた。エリスは偽の身分証を取り出し、カメラの前に掲げた。

「港区の児童相談所の者です。一人暮らしの高校生向けに、生活状況の聞き取り調査に参りました」

「……俺、別に生活には困ってませんけど」

「ええ、最近はそのような学生さんも多いので、形式的なものです。お時間は取らせませんので、ご協力いただけますか」

迷ったような沈黙の後、ぼそぼそとした返事が返ってきた。

「……散らかってるんで、家はちょっと。外じゃダメっすか」

「もちろん構いませんよ。近くのファミリーレストランはいかがでしょうか」

「……わかりました。準備するんで、ちょっと待っててください」

五分後、黒のパーカーにジーンズ姿の少年がエントランスに降りてきた。

身長はエリスと同じぐらいだが、猫背のせいでやや小さく見える。派手な茶髪は年相応だが、一重で切れ長の目はどこかやり手のサラリーマンを連想させた。

「……天童修平です」

「初めまして、片桐エリスです。ご協力ありがとうございます。では、行きましょう」

天童は素直に付いてきた。世間話をしながら天童のスマホのメーカーと型番を盗み見ると、幸い、用意してきたダミー端末の中にある機種だった。これらの機材は先にファミレス内に待機させているメープルに預けてある。

自分もスマホをチェックするフリをして、さりげなくメープルにメールを送る。

ファミレスに入り、席に向かう途中でメープルとすれ違った。メープルは指定した機種のダミー端末をエリスの鞄に忍ばせると、手洗いに入っていく。

天童と向かい合わせでソファー席に着いたところで、エリスは話を切り出した。

「改めまして、本日はよろしくお願いします。調査は三十分ほどで終わりますので、リラックスしてお答えください」

無言で頷く天童に、エリスはメニューを手渡した。

「良かったら好きなものを注文してください。大丈夫ですよ、経費で落ちますので」

天童が微かに笑った。こういうところはやはり高校生である。

メニューを見ている隙に、エリスはテーブルに置かれた天童のスマホとダミー端末とを入れ替えた。通路側の座面に置いたスマホを、再び通りがかった少女が拾って持っていく。

天童は山盛りポテトとクリームソーダを注文すると、顔を上げた。

「……俺、仕送りも稼ぎもあるんで、保護とかいらないっすよ」

「稼ぎというと、アルバイトか何かでしょうか」

「……あー、はい。プログラミングなんすけど」

既知の情報だったが、エリスはわざと大げさに驚いてみせた。

「プログラミングができるんですか。凄いわ、お若いのに才能があるんですね」

褒められ慣れていないのか、天童は照れたように「いや、まぁ……」と口ごもった。

エリスは笑顔を崩さないまま、早速、偽インタビューの一問目を切り出した。

十分ほど適当な聞き取り調査を続けているうちに、少女が再びエリスの脇を通り、座面にスマホを置いていった。どうやら、データは無事に抜き終わったらしい。

あまりに何度も近くを通るので、バレやしないかとヒヤヒヤしたが――天童は疑う様子もなく、得意げに話を続けている。

「……腕試しになるんで、企業案件は積極的に受けてます。今は下請け作業が多いですけど、ゆくゆくは自分でサービス組んでリリースしたいんすよね」

頷きながら、エリスはさりげなくメニューに手を伸ばした。持ち上げた勢いでお冷やのグラスを倒し、天童の側に水をこぼす。

「嫌だ、ごめんなさい。これで拭いてください」

おしぼりを渡し、自分はテーブルを拭くふりをして――エリスは再びダミー端末と天童のスマホとを入れ替えた。

天童が気付いた様子はない。

「本当にすいません、うっかりしてて」

天童は無愛想に「……いっすよ、別に」と呟くと、スマホで時刻を確認した。

「そろそろ終わりにしましょうか。今日はご協力ありがとうございました」

エリスは伝票を取って席を立った。店を出たところで一度立ち止まると、何か思い出したように振り返った。

「そう言えば、パソコンに詳しい方にお聞きしてみたかったんです。巷では『味亭太』という暴露系アカウントが話題ですが——ああいうことができるのって、やはりパソコンのスキルが高い方なんでしょうか」

天童は視線を空中にさまよわせると、面倒そうに答えた。

「……さぁ。詳しい奴なら、誰でもできそうな気はしますけど」


続けて、エリスは福部の勤務先——丸の内は二重橋《にじゅうばし》前にある出版社を訪れていた。タイミング良く求人募集をしていたこともあり、本日の肩書きは「アルバイト志望のちょっとお馬鹿なフリーター、片桐エリス」である。

嘘まみれの履歴書を準備していくと、面接官は編集長を名乗る中年男性だった。エリスはそつなく受け答えをし、最後に満面の笑みで微笑む。

威力は絶大で——「編集部の中を見学しても良いですかぁ」という図々しい申し出すら快諾させてしまったほどである。

首尾良く室内に入っていくと、手前の席でふくよかな女性が週刊誌の原稿チェックをしていた。写真と比べると幾分太ったようだが、福部亜希子で間違いない。

福部のスマホは無造作に机の端に置かれている。エリスは原稿を覗き込むフリをしながら、さりげなく鞄を上に置いた。

「凄いですねぇ。それ、原稿ですかぁ？」

「……そうだけど、あなた誰？」

「アルバイトの面接に来た片桐と申しますぅ」

「そう。別に見てても構わないけど、邪魔はしないでね」

「もちろんですぅ。あ、勉強のためにメモをとっても良いですかぁ？」

メモ帳を出しながら、さりげなく福部のスマホにケーブルを繋ぐ。五分もあればデータは抜けるはずだ。

編集部内を歩きながら、エリスは福部と同僚との会話に耳をすませていた。何となくマウント欲というか、『自分が優位に立つ』ことへの拘りが強いタイプに見える。であれば、怒らせて本音を引き出すのが手っ取り早いだろう。

エリスはぐるりと編集部内を一周して戻ってきた。素早く福部のスマホからケーブルを外し、作業中の福部に話しかける。

「週刊誌のお仕事って格好いいですよねぇ。今話題の『味亭太』みたいで、正義の味方って感じぃ」

福部がちょっと眉を上げる。エリスはわざと失礼なリアクションで畳みかけた。

「あ、『味亭太』、ご存知ないですかぁ？　若い人の間で人気で、ニュースにも結構出てるんですけどぉ……」

「知ってるに決まってるでしょ。週刊誌の編集なんだから」

福部はぷいっと顔を逸らすと、手元の原稿に目を落とした。

エリスは今度は独り言のように呟いた。

「でもちょっと安心しましたぁ。編集部ってオシャレな方ばっかだと思ってたのでぇ」

見下したように笑うと、悪意を敏感に感じ取ったのか、福部はエリスを睨み付けた。

「……私みたいなデブがいて安心って？」

「えぇ？　そんなぁ。私、そんなつもりじゃなかったんですけどぉ……」

福部が、目に見えて不機嫌になっていくのがわかる。

「っていうか、その喋り方は何なの？　ここは合コン会場じゃないんだけど」

予想通り、あざといキャラも嫌いなタイプ。あと一押しだ。

「元々こういう喋り方なんですぅ。そんなこと言われたら傷付きますぅ」

「……アンタ、私のこと馬鹿にしてんの？」

今にも血管が浮き出そうな福部に、エリスは慌てて言い訳した。

「それに、福部……さん？　別に太ってないですよぉ。グラマラスで素敵だと思いますぅ。私なんて、食べても食べてもなかなか体重が増えなくってぇ……」

福部は気を落ち着かせるように大きく息を吐くと、あっち行け、のジェスチャーとともに捨てゼリフを吐いた。

「編集長が、アンタを雇うような馬鹿でないことを祈ってるわ」

清野陽三とは半蔵門《はんぞうもん》のバーで待ち合わせた。清野の裏の仕事——特定企業に不正アクセスを仕掛けてもらう件で、事前に依頼のメールを送っておいたのである。

時間通りに店に入り、目印の柄シャツと長髪を探すと、カウンター席の端にそれらしい男が座っていた。

「SAY★YAさんですか?」

男が振り返った。歳は四十代前半ぐらいで、眼鏡に顎鬚《あごひげ》。後ろで束ねた長髪も相まって、サラリーマンとは違う、フリーランス特有の雰囲気である。

「アンタが依頼人か?」

「ええ、片桐エリスと申します。ぜひ、SAY★YAさんにお願いしたい案件がありまして……」

名刺を差し出すと、清野は一瞥するなりテーブルに放った。

「片桐エリスさん。××株式会社、総務部総務課。確かに会社は実在するが、社員名簿にアンタの名はなし。今回の依頼も、発信元は渋谷のネットカフェ。となると、この名刺も偽物。よく見るとロゴの解像度も粗いし——」

手元のドリンクを飲み干すと、清野の眼鏡の奥の目が一気に鋭くなった。

「アンタ一体、何者だ？　警察か？」

この程度の細工は見破られるだろうと思っていたが、やはり手練《てだれ》である。

エリスは余裕たっぷりに微笑むと、清野の隣に腰掛けた。

「噂通り、優秀な方ですね。私の正体ですが、警察ではない、とだけ言っておきます。信じてもらえるかはわかりませんが」

「いや、信じよう。俺は綺麗な女性の言うことは疑わないタイプだ」

ひと昔前のトレンディドラマのようなセリフを吐くと、清野は口の端を上げた。

早速、エリスは偽依頼について説明を始めた。

『経緯は言えないが、競合他社に自社の最新技術情報を盗まれ、先に商品開発に着手されてしまった。報復として競合他社のサーバーに侵入して開発中の新商品情報を盗み、こちらに流してほしい』——概ねそのような内容だった。

清野は顎鬚をいじりながら考え込んでいる。

「やられたらやり返す、それも倍返しで、か。技術的には不可能じゃないが、サーバーへの侵入は危険が伴う分、料金も高い。アンタのところは払えるのか」

この手の金で動くタイプはシンプルだ。絶対に受けないであろう、極端に安い金額を提示すれば良い。

エリスが予算を明かすと、予想通り、清野はふん、と鼻で笑った。

「無理だな。その金額じゃリスクは負えない。気の毒だとは思うし、美人の頼みを断るのは主義に反するが――他を当たってくれ」

エリスは哀しそうな表情を作ると、わざとらしく目を伏せた。

「……そうですよね。やっぱり『味亭太』みたいな正義の味方はいないですよね」

「アンタ、味亭太を正義と思ってるクチか」

清野は目を丸くすると、ニヤニヤと笑った。そのまま立ち上がると、口笛を吹きつつエリスの分の会計まで済ませ、店の出口に向かって歩いていく。

慌てて追いかけると、清野は上機嫌で振り返った。

「俺は基本的にインドア派だが、毎週木曜は必ずここにいる。たまには電車に乗って外に出ないと、勤め人時代の感覚を忘れちまうからな」

エスコートするようにドアを開けると、清野はエリスを先に通した。

「良かったらまた来てくれ。もう少しマトモな金額が出せるようになったら、その時は誠心誠意、きちんと対応してやるよ」

三人の容疑者への接触が終わり、三者三様のリアクションをじっくり観察したところで――エリスは悩んでいた。

ケンの言う通り、どうも決め手に欠ける。

誰も彼も怪しい気がするし、そうでない気もする。彼らが実際にパソコンを操作する姿を見たわけではないし、判断が付かないのだ。

天童と福部のスマホも、苦労してデータを抜いてきた割に中身は空振りだった。怪しげな連絡先やメールの類は見当たらないし、互いの連絡先も入っていない。

容疑者たちと接触すれば何らかのボロを出すだろうというのは、考えが甘かったかもしれない。

まずは判断基準が必要だろう。クラッキング行為を現行犯で押さえるのが難しい以上、味亭太の投稿が出たタイミングで怪しい動きをしている者を見極めるしかない。

となると次の作戦は――

事務所のソファーで考え込んでいると、デスクからメープルの声がした。

「……ボス。マズいです、非常に」

強張った声に駆け寄ると、目の前のパソコンの画面いっぱいに――大量の赤提灯アイコンが広がっている。

――味亭太だ。

「メープル、どいて！」

咄嗟《とっさ》の判断でパソコンからＬＡＮケーブルを抜き、無線を切断する。電源を落としてコードごとコンセントを引っこ抜いたが、弾みでマウスとキーボードがデスクを滑り、派手な音を立てて床に落下した。

肩で息をしながら、エリスは真っ黒になったモニターを見つめていた。

扱う情報の性質上、ウチの事務所は一般的なオフィスより遥かに強固なセキュリティを敷いている。にも拘《かか》わらず、味亭太はそれを掻《か》い潜《くぐ》ってきた——いとも簡単に。

突然の事態に呆けているメープルの頭を撫でながら、エリスはゆっくり目を閉じた。

今のは警告だ。それも片桐エリスではなく——衿須鉄児宛の。

こちらの正体などお見通し、ということだろう。やはり相手は一枚も二枚も、上手だ。

だが——味亭太は見誤っている。

やられっぱなしで引き下がるほど、自分は腰抜けではないことを。何より、妨害されればされるほど——燃えるタイプだということを。

「……やってくれるじゃない」

エリスはきっと目を開けると、ぱちん、と開演の合図を鳴らした。

「女神を怒らせたらどうなるか、思い知らせてあげるわよ」

4

サイバー攻撃の後すぐ、懇意にしている技術屋に被害状況を見てもらった。

結論、データを抜かれたり改ざんされたりという実害はなかったが、念のためパソコン回りの機器はまとめて買い替えることになった。必要経費とは言え、痛い出費である。

それにしても、データを消されていたら、冗談抜きで店じまいになるところだった。最悪の事態を回避できたのは「外付けハードディスクに毎日のバックアップは取ってましたから」と、こともなげに言ってのけた有能秘書のおかげである。

明くる日の夕方、エリスは警視庁に向かっていた。ケンがオフィスに来られないため、エリスのほうから経過報告がてらの訪問である。

桜田門《さくらだもん》の辺りに来たところで、見知った顔が目の前を通り過ぎる。

「松尾さん?」

びくり、と小さくジャンプすると、松尾は慌てて顔を上げた。

「あなたは確か……片桐さん。えっと、どうしたんですか、こんな所で」

「記事が完成したので、お礼に伺ったんです。でも、皆さんお仕事終わりだったみたいで、来るのが少し遅かったですね」

即座にそれらしい嘘をでっち上げ、松尾に微笑みかける。

「あ、それはそれは、わざわざありがとうございます。鴨志田も本日はもう帰り支度をしてましたので、間もなく出てくるかと……」

「やぁやぁやぁやぁやぁ。片桐さんじゃないですか！」

後ろから野太い声が響く。

恐る恐る振り返ると、一番会いたくなかった男が鼻息を荒くして立っていた。

「どうされました。ひょっとして私に会いに来てくれたとか……」

「え、えぇ。記事のお礼にと伺いまして。ちょうど今、松尾さんともその話を――」

視界の端で、松尾が逃げるように駅の中に入っていく。

鴨志田は父親のような表情でその様子を眺めていた。

「お気を悪くされないでください。女性の扱いには難アリですが、松尾は優秀なんですよ。今はまだ私の仕事を引き継いでいる途中ですが、将来的にウチの対策課を引っ張ってくれるのは、間違いなくあいつだと思ってます」

鴨志田は本人のいないところで部下を褒めるタイプのようだ。うっとうしいのは事実だが、裏表のなさには好感が持てる。

ふと目が合うと、鴨志田は前髪をいじりながら、何やらもじもじし始めた。

「ちなみに片桐さん、せっかくですから夕食でもご一緒しませんか。麻布十番《あざぶじゅうばん》にうまいフレンチの店がありまして……」

全力で断る口実を考えているうちに、建物から小柄な救世主――富沢拳が現れた。

「ケン……富沢さん。ちょうど良かった」

出てきたケンを文字通りとっ捕まえ、勢いよく腕を絡ませる。

「すいません、今夜は富沢さんと先約がありまして。こちらで失礼します」

驚愕の表情を浮かべる鴨志田を笑顔で躱し、身体ごとケンを引きずりながら、エリスは逃げるようにその場を後にした。


ぐさっっっ！と小気味よい音を立て、生ハムとチーズにフォークが突き立てられる。

八つ当たりの餌食となった「本日の前菜」を頬張りながら、ケンはこれ以上ないほどの仏頂面でエリスを睨み付けた。

「……明日の鴨志田のウザ絡みを想像しただけで吐きそうなんだが」

「ごめんってば、ケンちゃん。ほら、機嫌直して？」

エリスはすかさず空いたグラスにワインを注《つ》ぐと、甲斐甲斐しくサラダを取り分けた。今夜は全力の接待モード、確定である。

適当に入ったイタリアンレストランは週末ともあって満席だった。あちこちからカップルの楽しげな会話が聞こえてくるが、自分たちの目的は甘い雰囲気とは無縁の――経過報告である。

エリスは髪をかきあげると、鞄から調査報告書を取り出した。

「早速だけど、容疑者三人に会ってきたわ。流れで天童と福部のスマホの中身も抜かせてもらったけど、怪しい情報は特になし。データはこれね」

各種データの入ったUSBをテーブルに置くと、今にも人を殺しそうなオーラを放っていたケンの表情がようやく和らいだ。

「……で？　お前から見て怪しい奴はいたか」

「全員、シロにもクロにも見える。何とも言えないわね」

正直な感想を漏らすと、ケンは期待外れと言わんばかりにため息をついた。素直なリアクションをおちょくるように、エリスは「但し」と付け加える。

「ちょっとした事件のおかげで確信したわ。味亭太はあの三人の中にいる」

一気にケンの表情が変わった。

「勿体つけてないで、さっさと話せ」

返事代わりに、空いたグラスをケンに向ける。ケンは舌打ちすると、残りのワイン全部を乱暴にグラスにぶち込んできた。

事務所へのサイバー攻撃の話が終わると、ケンは納得したように頷いた。

「探りを入れてきたことへの警告、だろうな」

「多分ね。それも、衿須鉄児宛に。オマケにこのタイミングってことは――『調査の際に接触した人物の中に味亭太がいる』ってことでしょ」

そう。容疑者の中に味亭太がいるのは間違いない。

問題は、誰がそうなのかだが――エリスの脳内にはどうしても拭いきれない、ある一つの可能性がちらついていた。

「実を言うと、話をした時の反応を見るに、全員が何かしら味亭太の事件に関わっていそうな印象を受けたのよね」

「……何でそう思った」

「例えば天童は、味亭太の話題が出た途端、右上に視線が泳いだ。嘘をついている人間がよくやる仕草よ。福部もそう。『味亭太を知らないのか』って煽った時、咄嗟に顔を逸らしてた。何か隠してる可能性は充分にあるわ」

どんなに巧妙に受け答えをしても、人間、無意識に出てしまう仕草は誤魔化せない。その観点から見ても、二人の反応は事件に無関係であるとは思えなかった。

「清野は——元々が胡散臭そうなタイプだから、怪しい素振りは特になかったけど——アタシが味亭太を『正義の味方』って表現したら、ニヤニヤ笑ってたわ。それも妙に嬉しそうに、ね」

三人のリアクションを思い出しながら、エリスは核心となる仮説を口にした。

「ねぇ。今更だけど、三人がグルって可能性は本当にないの？」

ケンは眉間の皺《しわ》をますます深くすると、首を振った。

「ないだろうな。鴨志田たちも三人それぞれに尾行を付けたことがあるらしいが、全員、不審な行動は特になかった。

それに、奴らは生活圏も生活リズムにも共通点がない。毎日学校や職場に通う天童・福部と、週に一度しか外出しない清野とじゃ、街ですれ違うこともないだろうよ」

その情報が事実だとすると、いよいよ手詰まりだ。まさか全員に四六時中張り付いて監視するわけにもいかない。

エリスはスマホを取り出すと、味亭太の現在のアカウントを開いた。

コメント欄では今なお残るファン——何ならより濃縮されて信者に近くなっている者たち——と一般人が、丁々発止のやり取りを繰り広げている。

下品な言葉が飛び交うのでフォローはしたくないが、これも情報収集のためである。

画面をスクロールしていくと、二十分ほど前に一件の投稿があった。

内容は「今日の『悪人』だより」。

「ケンちゃん、これって」

慌ててケンにスマホの画面を向ける。

「……何だ？『自分がモテない腹いせに、承認欲求をサイバー攻撃で満たす極悪クラッカー女。多方面にわたってＤｏＳ攻撃を働いた前科があり、警察にもマークされている。こいつにはぜひ直接お会いしたいものだ』……」

読み上げる声を聞きながら、すぐにピンと来た。この罪状は確か——

「ケンちゃん、福部よ。福部亜希子」

「つまり——福部は味亭太じゃないってことか」

「そんなことより、後半。今までこんなこと書いてなかったのに『直接お会いしたい』って——味亭太が彼女の前に現れるってことじゃないの」

時計を見ると、まだ二十時。訪問するのに遅い時間ではない。

「福部の家に行ってみましょう。ここから近かった……」

ケンは既に店の出口に向かっていた。しっかりと伝票はテーブルの上に残したまま。

エリスは舌打ちすると、鞄から財布を出して会計に向かった。

福部の家は築地《つきじ》駅から歩いてすぐの小綺麗なマンションだった。

代表してケンがインターホンを鳴らすが、全く反応がない。

大家を呼んで識別章を見せ、オートロックを開けてもらう。念のため合鍵も出して同行してもらったが、エリスの胸騒ぎは止《や》まなかった。

味亭太が自ら動いた。きっといつもと違う、何か想定外の事態が起こったのだ。

四階で降り、一番奥の角部屋を目指して走る。部屋のドアは僅かに開いていた。

ケンが先に立ち、真っ暗な室内に向かって慎重に歩を進めていく。エリスも静かに後に続いた。

「動くな！　警察だ！」

スイッチを探り当てたのか、一気に部屋が明るくなった。

突然の光に一瞬、目が眩《くら》み――次に見えたのは非現実的な光景だった。

窓際に、何か大きなものがぶら下がっている。

こちらからは背中しか見えないが、首から生えたロープがカーテンレールに巻き付いているのも、その足が地面に着いていないのも、すぐにわかった。

「……くそ。やられた」

ケンがどん、と壁を叩く音だけが響く。

福部亜希子が、首を吊《つ》って死んでいた。

5

警察は福部亜希子の死を自殺と判断した。

遺書は残されていなかったが、室内に争った形跡はなく、金目の物が物色された様子もない。よって、事件性は低いと判断されたのだ。

室内を調べたところ、複数台のスマホやパソコンが発見された。現場の状況やアクセス履歴からも福部が味亭太であることは間違いなく、当日の「『悪人』だより」も、福部の部屋のパソコンから書き込まれていたことが明らかになった。

とは言え、自殺を仄めかすにしては投稿内容が不審であるという点から、警察はいったん発表を保留し、味亭太のアカウントの動向を見守っていた。

予想通り、アカウントは一週間ほど動かず、未更新の状態が続いた。いよいよ警察が「味亭太の正体は福部」と発表しようとしたところで――

味亭太は、再び活動を開始したのだ。

ここまで来ると、もはや呪いの人形のような怨念めいた怖さを感じる。

結局、警察は予定していた発表を見送った。福部が味亭太であったとしても、現在動いている味亭太とは別人である――それが警察が出した結論だった。

ここに来て、調査は振り出しに戻ってしまった。

ソファーで次の作戦を考えているうちに、キッチンでメープルが書類の束と格闘する音が聞こえてくる。

「ボス。珍しく真面目に、あちこち動き回るのは結構ですが、交通費の計算が面倒です。パソコンも新調したことですし、カードリーダーを購入しませんか」

「……あぁ、別に良いわよ。領収書だけちゃんと貰っといて」

エリスが適当な返事をしたところで、インターホンが鳴った。

「あら。いらっしゃい、ケンちゃん」

仕事が立て込んでいるのか、幾分やつれた様子のケンが立っている。

「福部亜希子の遺体の第一発見者に話を聞きに来た」

あくまで屁理屈を押し通す姿に苦笑しつつ、エリスはケンにソファーを勧めた。

「早速だけど、ケンちゃんは福部が自殺したなんて思ってないわよね」

「当然だ。福部のマンションだが、裏口の階段に繋がるドアの鍵が壊されていた。付近に防犯カメラはないから証拠はないが、偶然にしてはできすぎてる。犯人が壊して、そこから侵入したんだろう」

ケンが苛立ったようにネクタイを緩める。

「福部の事件はケンちゃんたちに任せるとして——問題は味亭太よ。福部が死んだ後も活動が止まないってことは、やっぱり複数犯だったってことよね」

「あぁ。味亭太は複数犯で、福部は恐らく口封じのため殺された。そして、味亭太はパソコンを使わない、直接会ったりしない何らかの方法で『悪人』の情報をやり取りしている。やり方さえわかれば——捕えるチャンスはある」

ケンは乱暴に背もたれに寄りかかると、じっと黙った。

直接会わず、インターネットも介さずやり取りする——そんなことが可能だろうか。どんな手段を用いたとしても、何かしらの痕跡は残りそうなものだが——

重苦しいシンキングタイムを遮るように、ふわり、と紅茶の香りが舞った。

「新しい茶葉をいただいたので、どうぞ」

メープル謹製のレモンティーだった。礼を言うケンの声をぼんやり聞きながら、エリスはティーカップを見つめている。

「……生活圏も活動時間帯も被ってないって言ってたけど、前提を疑ったほうが良さそうね。容疑者の住まいと勤務先、もう一度チェックしてみる」

手元のタブレットで都内の地図を出すと、エリスは何事かぶつぶつと呟きだした。

「天童は赤坂のマンションから四ツ谷の高校、時間帯は平日朝と夕方……福部は築地のマンションから二重橋前の会社、時間帯は平日朝と夕方……清野は毎週木曜に麹町から半蔵門のバー、時間帯は夜……」

エリスの目が見開かれた。

訝《いぶか》しがるケンの視線には応えず、エリスはそっと耳打ちした。

「ケンちゃん。……って、今すぐ入手できる？」

「……そんなもんを出させることの意味、わかってんのか」

「わかってなきゃ、こんな無茶なお願いしないけど」

真剣な声に、ケンは不貞腐れたように立ち上がった。「ちょっと待ってろ」とだけ言い残すと、オフィスの外で電話をかけ始める。

ケンが戻ってきたところで、エリスはにっこりと小首を傾げた。

「一週間だけ時間をちょうだい。それで裏付けが取れたら、改めて報告する」

「警告はしておくが『疑ってました』が間違いでした』じゃ済まない情報だからな。覚悟はしておけよ」

棘《とげ》のある物言いなどまるで意に介さず、エリスは優雅に微笑んだ。

「『疑ってる』じゃないわ。ある程度、確信してるわよ」

きっかり一週間後。約束通り、エリスは再びケンをオフィスに呼び出していた。

一週間も待たされ、焦《じ》らされた猛犬のような顔で座っているケンを前に、エリスはあっけらかんと話し始めた。

「無事に裏付けは取れたわ。但し、今から報告する内容は全部、状況証拠。物的証拠を取ってくるのはケンちゃんの仕事。それでOK?」

ケンは渋々といった様子で頷いた。

「まずは特定までの流れを整理するわね。サイバー犯罪対策課九係は、容疑者それぞれのパソコンにやり取りの履歴がなかったことから、味亭太イコール単独犯説を採っていた」

エリスはティーカップを持ったまま立ち上がると、ソファーの周りを歩き始めた。

毎度の一人芝居にうんざりした顔をしながらも、ケンは黙って聞いている。

「ところが、福部の殺害後も味亭太の活動が続いたことで、状況が変わった。味亭太は複数犯で、インターネット以外の方法で情報をやり取りしている可能性が高いのに、その方法がわからない。容疑者の生活圏や活動時間帯が被っていなかったからよね」

本棚の辺りまで足を進めると、エリスはゆっくり振り返った。

「でももし仮に、もう一人——中央にハブの役目を担う人物がいたとしたら。別に容疑者同士で直接連絡を取り合わなくても、情報交換は成立する。であれば、答えは簡単よ。味亭太の正体は容疑者三人。つまり——『全員』よ」

エリスは紅茶に浮かんだレモンをつまみ上げると、ケンの前に掲げた。

「このレモンみたいに、放射状に情報を広げる――『中央』に当たる人物がいる。特定するヒントは、清野の家宅捜索の件を考えれば明らかよね。家宅捜索を事前に察知できる一般人なんていない。だったら『警察内部にその情報を漏らした共犯者がいる』と考えるのが、一番自然じゃない？」

「……なるほど。それで俺に『九係の顔写真付き人員名簿』なんて物騒なものを出させたわけか」

「ご名答。ま、理由はもう一つあるんだけど」

エリスはカップを置くと、真剣な目でケンを見据えた。

「っていうか、ケンちゃんも薄々感づいてたでしょ。警察内部に共犯者がいるって。だから今回も協力してくれたんじゃないの？」

一瞬、虚を突かれたように目を見開くと、ケンはすぐに視線を逸らした。

「……九係ですら特定できないのが、そもそも不自然だった。あそこは優秀な人材が揃ってるし――誰かがアクセス履歴を改ざんするなりして、味亭太を庇《かば》っているとしか考えられなかった」

同情するようにケンの肩を叩くと、エリスは静かに告げた。

「ある人物を中心に考えれば、自ずと答えは見えてくる。ここから先をどう攻めるかは、ケンちゃん次第よ」

6

じっとりと手に滲む汗に、富沢拳は自分が柄にもなく緊張しているとわかった。テツが見たら嬉々として揶揄《からか》ってきそうだが、あいにく今はくだらないことを考えている余裕もない。

後ろに続く松尾に悟られないよう深く息を吐き、改めてターゲットに向き直る。

二日後、木曜の十九時。富沢は松尾とともに、ある男の後を尾けていた。

男の更に五十メートルほど先——永田町《ながたちよう》駅の乗換口の向こうから、こちらに向かって鬚面の男が歩いてくる。

清野陽三だった。

「富沢先輩……本当にあの人なんですか」

「あぁ。アクセス履歴は管理者以外は消去できない。だったら——あいつしかいない」

帰宅ラッシュの客に紛れ、気付かれないよう足を進める。息づかいすら聞こえてきそうな張り詰めた雰囲気の中、男の背中が近づいてきた。

勢い良く肩を掴む。男は驚いたように振り返った。

「……あ？　何だよ、富沢か。脅かすなよ」

目当ての男――鴨志田は目を丸くすると、人懐っこい笑顔で笑った。

「鴨志田さん……そんな……」

松尾は絶句したまま、今にも泣き出しそうな顔で俯いた。

「何だ、松尾も一緒か？　意外とお前ら仲良いんだな」

ヘラヘラと笑う鴨志田を睨み付けると、松尾は大声で叫んだ。

「とぼけないでください！　あそこにいるのは清野じゃないですか！」

突然名前を呼ばれて驚いたのか、清野がぎょっとした様子で顔を上げる。

三人の警察官を行く手に認め、慌てて回れ右したところで――後を尾けていたテツが、待ち構えたように清野の前に立ちはだかった。

テツの大捕物を視界の端で確認したところで、ゆっくりと鴨志田の正面に回る。

「まさか、直接会って情報をやり取りしてたなんて……」

松尾の言葉に、鴨志田はきょとんとした顔で黙った。何も言わない鴨志田に、松尾が勢いよく掴みかかる。

「きっとメモか何かを渡そうとしてたんですね。調べさせてもらいま――」

鴨志田の鞄に手を伸ばした瞬間、富沢は横からその腕を摑んだ。

「……残念だよ、松尾」

無理矢理開かせた松尾の手から、メモのようなものが零《こぼ》れ落ちた。

＊＊＊

「中央のハブ役は恐らく——松尾さんよ」

オフィスに呼び出された夜、テツは静かに言い放った。

「アタシもすっかり騙されたわ。あのタイミングでサイバー攻撃なんて受けたら、普通は『調査で接触した人物の中に味亭太がいる』と思っちゃうけど——よく考えたらその条件、そのまま鴨志田さんと松尾さんにも当てはまるんだもの」

テツは悲しそうに目を伏せると、テーブルに紙の路線図を広げた。

「二人のどちらなのかは、容疑者三人の行動ルートを考えれば分かるわ。天童は赤坂から国会議事堂前で乗り換えて四ツ谷へ。福部は築地から日比谷で乗り換えて二重橋前へ。清野は麴町から永田町で乗り換えて半蔵門へ」

赤ペンでルートを辿ると、テツは乗換え駅に目印の丸を付けた。

「ケンちゃんが最初にふざけて言ってた通り、極めてアナログな方法——乗換駅を使

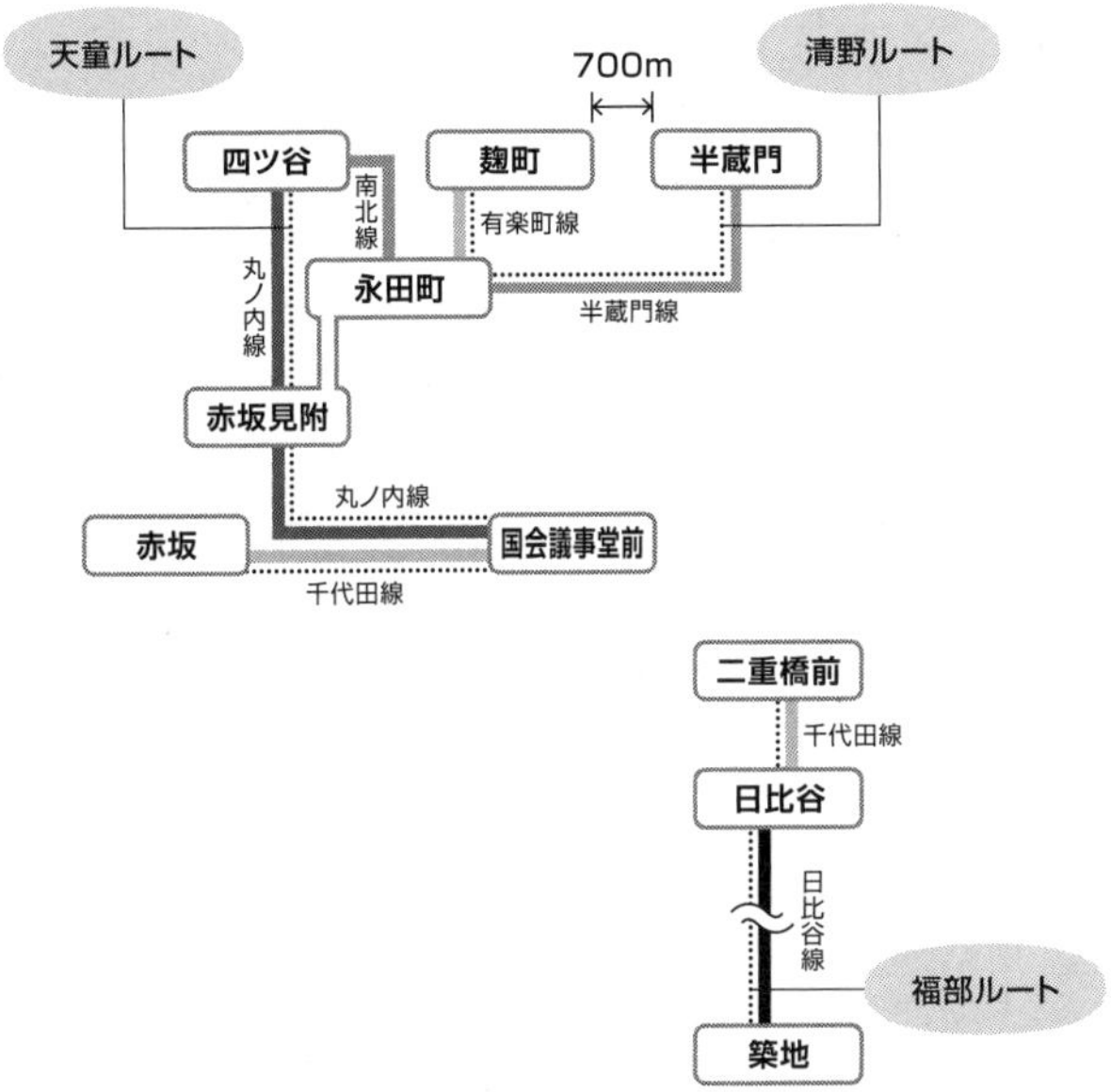
天童ルート
700m
清野ルート
四ツ谷
麹町
半蔵門
南北線
有楽町線
丸ノ内線
永田町
半蔵門線
赤坂見附
丸ノ内線
赤坂
国会議事堂前
千代田線
二重橋前
千代田線
日比谷
日比谷線
福部ルート
築地

って、直接情報をやり取りしてたのよ」

「馬鹿な。そんな安易な方法で――」

「アタシも最初は有り得ないって思ったのよ。でも、状況証拠は腐るほどあった。例えば、清野の不自然な行動」

テツは麹町と半蔵門の駅の間を赤線で繋ぐと、「七百メートル」と書き足した。

「麹町に住んでる清野が半蔵門のバーに行くのに、何でわざわざ地下鉄に乗るのよ。歩いて行ける距離でしょうが」

検索すると、両駅の距離は確かに僅かだった。地下鉄を使うと必ず乗り換えが発生し、かえって遠回りになる。

「だとすると、清野が地下鉄を使うこと自体に意味があることになる。『勤め人時代の普通の感覚を忘れないため』とか尤もらしいこと言ってたけど、目的は別にあったのよ。情報をやり取りするという、大きな目的が」

「しかし……それで何で松尾と断定できるんだ」

無駄に舞台映えするウィンクを決めると、テツは唇に指を当てた。

「二度目に彼に会った日――ケンちゃんとデートした日ね。鴨志田さんの他に、実は松尾さんもいて――ケンちゃんが来る前に、慌てて桜田門駅の中に逃げていっちゃったのよ。何かが引っかかってたんだけど、その時は全然気付けなかった」

テツは桜田門と霞ケ関の駅の間に丸印を付けると、横に小さく「警視庁」と書いた。

「警視庁の最寄り駅は桜田門と霞ケ関。より庁舎に近いのは桜田門だけど、当然、各自の住まいによって利便性は違う」

言わんとしていることがわかってきた。口を開く前に、テツはにっこりと微笑む。

「気付いた？　実家が広尾のお坊ちゃんである松尾さんが、何でわざわざ桜田門を使うの？　霞ケ関から日比谷線に乗って、乗り換えなしで帰れるのに」

路線図の日比谷線は、真っ直ぐに霞ケ関と広尾とを繋いでいた。

「ここで問題。霞ケ関じゃなく桜田門経由で広尾に帰る場合、考えられる経路は？」

路線図を辿っていく。いくつかのルートが考えられたが、回答を待たず、テツは勝手に説明を続けた。

「一つ目は、桜田門から有楽町に向かい、すぐ側の日比谷まで歩いて日比谷線を使う方法。福部の乗換駅は日比谷だから、接触は可能よね」

先ほど付けた丸印を通り、広尾までのルートに線を引いていく。

「二つ目は、桜田門から永田町に向かい、半蔵門線に乗り換え、青山《あおやま》一丁目で都営大江戸線に乗り換えて六本木《ろっぽんぎ》を経由して日比谷線を使う方法。清野は永田町で乗り換えるわけだから、ここでも接触は可能」

テツが同様に赤線を引いていくと、やはりその先は広尾に辿り着いた。

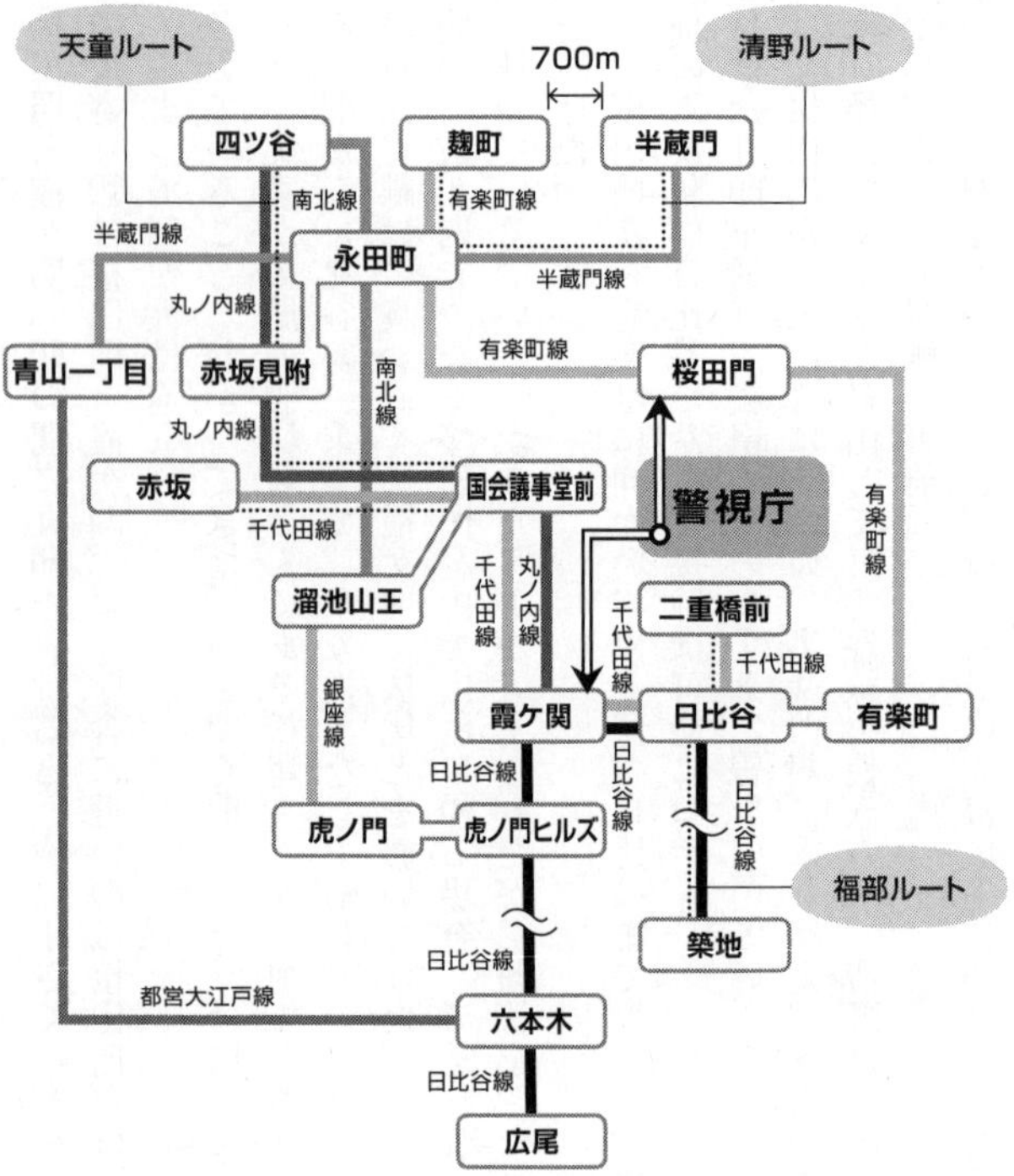

天童ルート
700m
清野ルート
四ツ谷
麹町
半蔵門
南北線
有楽町線
半蔵門線
永田町
半蔵門線
丸ノ内線
有楽町線
青山一丁目
赤坂見附
桜田門
南北線
丸ノ内線
赤坂
国会議事堂前
警視庁
有楽町線
千代田線
溜池山王
千代田線
丸ノ内線
二重橋前
千代田線
千代田線
銀座線
霞ケ関
日比谷
有楽町
日比谷線
日比谷線
日比谷線
虎ノ門
虎ノ門ヒルズ
福部ルート
築地
日比谷線
都営大江戸線
六本木
日比谷線
広尾

「三つ目は、桜田門から永田町に向かい、南北線に乗り換え、溜池山王《ためいけさんのう》で銀座線に乗り換えて虎《とら》ノ門《もん》に向かい、同じ駅内の虎ノ門ヒルズを経由して日比谷線を使う方法。国会議事堂前と溜池山王は駅舎が繋がっていて同一駅扱いされているくらいだから、ここでも松尾さんは天童と接触可能」

線を引き終わると、テツは自信満々に顔を上げた。

「どう？　曜日と時間を巧みにずらせば、こうやって三人それぞれと接触して、情報交換は可能でしょ？」

渾身のドヤ顔は腹立たしいが、同時にテツの言う「もう一つの理由」も読めた。

「……人員名簿の役割は、これか。桜田門を使っているだけでなく——想定される通勤ルートから外れた経路を使っている人物をあぶり出すため」

「そういうこと。さすがにそれだけで松尾さん一人を疑うのも雑だしね。もう少しきちんと裏を取りたかったら、松尾さんの交通系ＩＣカードの履歴を調べるのが確実でしょうね。残ってる記録と三人の動きが一致していたら、動かぬ証拠」

説明は筋が通っているが、納得のいかない点があった。

「駅には監視カメラもあるし、三人に尾行を付けたことだってある。松尾が、直接接触するなんてアナログな手法を使っていたとしたら、捜査員が絶対に気付くはずだ」

テツは「あぁ」と頷くと、にんまりと笑みを浮かべた。

「別に近くまで行かなくても良いわ。時間と場所だけ指定して、すれ違うだけで良い。何ならすれ違わなくたって、向かいのホームにいるだけでも良いわ。直接出向くって意味ではアナログだけど、情報交換のやり方自体はハイテクだから」

テツはスマホを操作すると、設定画面を開いたままテーブルに置いた。

「松尾さんが使ったのは、Bluetoothを使った無線通信よ。通常、Bluetoothの有効範囲は十メートルほどだけど、改造すれば百メートルは飛ばせる。ほら、一番最初のインタビューの時に鴨志田さんも言ってたでしょ」

鴨志田の苦労話——確かに「やれ百メートル飛ぶスマホの改造無線だの……」とか何とか、愚痴をこぼしていた気がする。

「詳しい話は技術的なところだから省くけど、この無線通信は最初に『ペアリング』——相互に『この機器と通信します』って確認し合うと、以降は自動的にやり取りできるようになるの。つまり『相手の顔を知らなくても情報のやり取りは可能』。オマケに携帯の電波を使ってるわけじゃないから、履歴も残らない。単純な情報交換にはうってつけよね」

自分の理解が追いついていないのを見透かしたように、テツは追加の説明を挟んだ。

「ほら、ちょっと前に『AirDrop痴漢』って流行ったでしょ？　一方的に気持ち悪い画像を送りつけるやつ。あれの長距離版みたいなものよ」

ようやく湧いてきたイメージに頷くと、テツはふと真面目な顔になった。

「松尾さんが警察側の情報を改ざんしてる方法はわからないけど――鴨志田さん名義で、管理者としてアクセスしてる可能性が高いわね。鴨志田さんも『仕事を引き継いでる途中』って言ってたし、下手に動くと鴨志田さんが犯人にされかねない」

そうなると、攻め手が重要だった。これまで何一つ証拠を残していない松尾にボロを出させる方法なんて――

考え込んでいると、視線を感じた。

テツは心底楽しそうな、邪悪な笑みを浮かべている。

「クラッキングの現行犯は無理でも、情報交換の現行犯は可能でしょ？　手っ取り早いのは、罠に嵌めることじゃない？」

やはりコイツの悪知恵は――タチが悪い。

「……俺に小芝居をやれと？」

「台本はアタシが書いたげるわ。例えば……清野と接触する木曜、ケンちゃんは鴨志田さんを疑ってるフリをして、松尾さんと二人で彼を尾行するってのはどう？　松尾さんは便乗して、隙を見て鴨志田さんの鞄にメモか何かを入れようとするはずよ。そこをケンちゃんが押さえれば、チェックメイト」

悔しいが、良い案だった。「それで行く」と答えると、テツはぱちん、と指を鳴らした。

「ショーマストゴーオン。ケンちゃんの名演技、期待してるわよ」

7

エリスが清野を三人の元に引きずっていった頃にはもう全てが終わっていて、少々物足りなさを感じるほどだった。

松尾は落ちたメモを拾おうともせず、どこか虚ろな目でケンを見つめている。

「……やっぱりバレてたんですね、先輩には」

その言葉が全てだった。ケンが配備した一課の連中に囲まれ、松尾は観念したように両手を挙げた。

清野はまだぎゃあぎゃあと喚いていたが、持っていたスマホを取り上げると、画面には「通信エラー《タイムアウト》」の文字が浮かんでいた。

松尾も自分のポケットからスマホを出し、画面をこちらに向ける。

画面には同じく「通信エラー《タイムアウト》」の表示。

「察しの通り、僕が――いいえ、僕たちが味亭太です。他にも協力者はいますが、その辺りは調べてもらえばわかりますので」

松尾の声は穏やかだった。どこか誇らしげですらあり、いつものオドオドした雰囲気は微塵もない。

ケンが冷たい目で松尾を睨み付けた。

「なんでアカウントの更新を続けた。福部に味亭太の罪を押し付けて殺したんだから、放っておけば疑われることはなかったはずだ」

「罪を押し付けて殺したと、先輩は本気でそう思ってるんですか」

松尾は困ったように眉を寄せると、笑い出した。

「あれは粛清ですよ。あの女は、味亭太の存在意義を真に理解していなかった。直接やり取りができない以上、認識に齟齬《そご》が出てくるのは仕方ないことですが――大義のない行動が目立っていた」

松尾は吐き捨てるように呟いた。

「バイトの面接に来た女がムカつくとか、そんなくだらない理由で個人情報を暴露しようとしてたんですよ。『正義の復讐者』の名にもとる、身勝手な行動だ」

「だから始末したのか。自分が定める『正義』に反すると?」

松尾は苛立ったように頭を振った。

「先輩は何もわかってませんね。世界には味亭太が必要なんです。強い者が悪事を隠して成り上がり、弱い者は虐げられる——そんな時代でも、情報だけは等しく平等だ。味亭太のおかげで、弱い者は強い者に仕返しができる。力を持つことができる。味亭太は情報の無限の可能性を知らしめる、言わば一つの宗教で……」

ぱぁん、と、乾いた音が響いた。

先ほどから黙っていた鴨志田が、松尾の頬を平手打ちしている。

「大層な演説はそれで終わりか」

鴨志田は大きな目を真っ赤に充血させると、歯を食いしばるように俯いた。

松尾は薄笑いを浮かべたまま鴨志田を——次いでエリスを見やった。

「やっぱりお前か。先輩に余計な入れ知恵をしたのは」

「入れ知恵ってレベルじゃないわ、あんな猿知恵」

瞬間、松尾の目に炎のような光が宿った。

「……お前だって同類だろう！　お前に、味亭太を裁く資格があるのか！」

突然の松尾の咆哮《ほうこう》に、周囲の捜査員が一斉に身構える。

「事務所のデータを覗きに行った時、確信したんだ。合法だ何だと上辺だけ取り繕ってても、結局お前がやってることは僕たちと同じだ」

捜査員がじりじりと距離を詰めていく。松尾は肩で息をしながら、なおも叫んだ。

「お前だってわかってるはずだ。本当に苦しんでいる人は、綺麗事だけじゃ救えない。

間違った世界に鉄槌を下す味亭太は、正義の――『正義の復讐者』なんだ！」

――あぁ。

この男は、あり得た未来の自分だ。

弱い者のために力を尽くしたい。無念な思いをする人を少しでも減らしたい。

考えていることもやりたいことも、自分と同じ。

――たった一つの、大きな勘違いを除いて。

「……そうね。確かにアタシも、数え切れないほどの人を不幸にしてきた。そういう意味では、アンタと同類かもしれない」

そう。弁護士バッジを片手に「合法復讐屋」なんて始めた時から、わかっていた。

自分が復讐の片棒を担ぐ先で、必ず苦しむ人が生まれる。

終わらない悲劇の連鎖を生み出す側に、自分は回るのだと。

とうの昔に通り過ぎたはずの葛藤を懐かしむように笑うと、エリスは顔を上げた。

「でも、覚えておきなさい。『正義の復讐』なんて、どこにも存在しない。復讐はどこまで行っても、単なる自己満足よ。いつか自分にその矛先が向いたとしても、甘んじて受け入れなければならない」

そう。法の壁を越えようとする者は、いつか必ず撃ち落とされる。壁は正義も悪もなく――助けを求める者を杓子《しゃくし》定規に阻むだけ。

だからこそ、自分は決めたのだ。「知恵」の翼を使い、自ら壁を越えることを。

正義でも悪でもない――「不和と争いの女神」として。

いずれ「その日」は訪れる。だが、それまでに少しでも多くの人を助けられたなら――たとえ最後に撃ち落とされようとも、決して後悔はしないだろう。

エリスがそっと唇に指を当てると、辺りが水を打ったように静まりかえった。

皆の視線を一身に浴びながら、エリスは指先を真っ直ぐ松尾の心臓に向けた。

「アンタには足りないのよ。悪役を演じ切る――覚悟が。少なくともアタシは、我が身可愛さに自分を正当化するアンタには虫唾《むしず》が走るし――そんな見苦しい生き方だけは、死んでもごめんだわ」

＊＊＊

数時間後、歌舞伎町《かぶきちょう》の某赤提灯系居酒屋のカウンター席。

板わさをつまみながら、エリスは疲れ果てた声で呟いた。

「鴨志田さんも気の毒だったわよね。一番信頼してた部下にあんな形で裏切られて」

「……何とかなるだろ。図太さはアイツの唯一の取り柄だから、心配ない」

珍しく優しいコメントを返すと、ケンはお通しに箸を伸ばした。

結局、鴨志田はエリスに対する松尾の告発を追及しなかった。話が見えず、混乱していたのもあるだろうが——味亭太に「同類」認定されたエリスについては、見逃してくれたわけだ。

それどころか鴨志田は「片桐さんにもご迷惑をおかけしました。身内の恥はこちらで何とかします」と頭を下げると、連行される松尾に付き添っていったのである。

「いくら何でもお人よしすぎるわよ。さすがのアタシも今回は腹括ったのに」

冗談のつもりだったが、ケンは真顔で応じた。

「……テツ。お前、いつまでグレーな仕事続けるつもりだ」

「なぁに、ケンちゃん。心配してくれてるの？」

「腐れ縁の知り合いが妙な死に方をしたら、気分が悪い」

エリスは笑うと、絵に描いたように優雅なウィンクを返した。

「さぁね。世界がアタシを必要としなくなるまで、じゃない？」

遠回しの「一生辞めない宣言」に嘆息すると、ケンは手元の日本酒をあおる。

「勝手にしろ。忠告はしたぞ」

拗ねたように呟くケンの頭を撫でようとしたところで、いつも通りに乱暴に、手を振り払われた。

自分でも気付かないうちに、エリスは笑っていた。

ケンの言う通りだ。自分はきっと、マトモな死に方はできない。
「合法復讐屋」だって、いつまで続けられるかわからない。
だが、それでも。
真っ当な手段で救われない人間がいる限り。
気持ちにケリを付けたいと願う人間がいる限り。
演じ続けるまでだ。「不和と争いの女神」という——最低で最高の悪役を。
エリスは一つ頷くと、ひときわ大きく指を鳴らした。
「ショーマストゴーオン。まだまだ舞台は、終わらないわよ」

刊行にあたり、第二十一回『このミステリーがすごい!』大賞最終選考作品「ゴールデンアップル」を改題し、加筆修正しました。

この物語はフィクションです。作中に同一の名称があった場合でも、実在する人物、団体等とは一切関係ありません。

〈解説〉
極めて巧みに構築された復讐エンターテインメント

村上貴史（ミステリ書評家）

■三日市零

本作は、第二一回の『このミステリーがすごい！』大賞の最終候補作に選ばれた三日市零の応募作を加筆訂正し、『復讐は合法的に』という題名で刊行される作品である。

この第二一回は、大賞を小西《こにし》マサテルの『名探偵のままでいて』（刊行に際し応募作「物語は紫煙の彼方に」を改題）が獲得し、文庫グランプリをくわがきあゆの『レモンと殺人鬼』（同様に『レモンと手』を改題）と美原《みはら》さつきの『禁断領域　イックンジュッキの棲《す》む森』（同様に『イックンジュッキの森』を改題）が獲得した回で、応募原稿の状態では、惜しくもそれらの作品には及ばなかったが、今回、磨き上げられて隠し玉として書籍化されることになった。

解説者は、賞の一次選考委員として読み、二次選考委員として再度読み、そしてさらに書籍化に向けて加筆訂正された状態で読んだ。そのいずれの際にも感じたのが、小説作りの上手さである。具体的には、情報の提示が巧みである。また、読者を飽きさせないようにという配慮も行き届いている。本書の大枠を先に説明しておくと、エリスという「合法復讐者」が、依頼を受けて復讐を合法的に行う様を描いた短編四編で構成されているのだが、まあ見事に各篇《かくへん》に異なる愉《たの》しみを用意してくれているのだ。そのうえで、エリスを軸として、作品に統一的な味わいも保っている。

なんとも上手いのである。

■合法復讐者

第一話にあたるのが「Case 1　女神と負け犬」だ。

その冒頭がまず手際よい。わずか十頁《ページ》ほどのうちに、著者は読者に、麻友《まゆ》という女性が元彼に復讐を決意したこと、彼女が見知らぬ美女から復讐の支援を打診されたこと、その美女がエリスという名で法律探偵事務所を営んでいることを伝える。まずは要となる事項を簡潔に提示したのだ。麻友の復讐相手の詳細や、その理由の詳細は後回しにして、麻友とエリスの関係が築かれる様を語る。この情報の取捨選択が巧みなのだ。

そしてその麻友とエリスの関係構築を語るなかで、この作品の世界観もきっちりと読者に伝えている。エリスという美女が、実は衿須《えりす》鉄児《てつじ》という男性で弁護士であること、事務所で秘書の役割を果たしているメープルは、なんと小学四年生の女の子であること、エリスの、だ。

これらの情報を通じて、この『復讐は合法的に』という小説が、どれほどのリアリティで構築されているかを読者に伝えているのである。つまり、読者の暮らす社会のリアリティにがんじがらめになるのではなく、こうした設定が許容される程度の荒唐無稽さを備えた作品であることを、だ。

そしてそのうえで、エリスの法律探偵事務所の裏メニューが「合法的に、且《か》つ最大限に、相手にダメージを与える方法を考える」ことであると明かす。手際よく地ならししたうえで、いよいよ本命の情報を開示するのだ。新人離れした手際のよさである。読者としては、知らず知らずのうちに、この作品世界のなかに導かれてしまうことになる。

そしてその世界のルールのなかで、読者は、エリスの復讐作戦を愉しむことになる。

麻友は、六年付き合った彼氏に一方的に別れを告げられた。彼女が二人のために貯《た》めた百万円は既に彼の遊びに使われており、二年間は二股もかけられていた。そんな悪辣な元彼への麻友の復讐をエリスが支援する……。

エリスの復讐プランの周到さに舌を巻く。また、その語り口も鮮やかだ。エリスの狙いの詳細を伏せたまま、麻友やエリスの行動だけを記述したうえで、最終的に、それらを伏線とする復讐が実行され、同時に伏線が回収されるのである。Case 1を読み終えた時点で、読者は、この著者の魅力に囚《とら》われているに違いない。

続く「Case 2　副業《サイドビジネス》」で、著者はアプローチを変える。Case 1では、〝どんな罠《わな》を仕掛けて復讐を完遂するか〟という興味で読者を惹《ひ》きつけていたのだが、そのパターンを踏襲する（復讐の動機を変え、復讐の手法を変えるなど）のではなく、まるで異なる展開の物語を、著者は読者に示したのだ。

Case 2は、携帯ショップの副店長という男の一人称で物語が始まる。この男、こっそりと悪事を働いている。リスクとリターンをきちんと計算し、万一の際の言い訳も準備する――そんな悪人だ。彼の視点で、常連客やクレーマーの様子が語られていくのだが、彼がどんな悪さをしているのかは読者に示されない。そしてこの〝どんな悪事が行われているのか〟という謎が読者の第一の関心事となる。著者のセンスを感じる謎の設定だ。

そして副店長視点の描写がひとしきり続いた後で、エリスを描く三人称描写に切り替わり、裏メニューの依頼を受ける様子が語られる。今回の依頼人は、息子が人を殺してしまった件の詳細を調べてほしいと頼む。読者には、この殺人事件の容疑者や被害者が、先に述べた副店長の携帯ショップの客であることは示されるため、副店長のストーリーとエリスのストーリーとの間になんらかの接点があることを感じるのだが、両者がどう交わるかはわからない。殺人事件に関わる謎（犯人が誰か、ではない）、そして二つのストーリーに関する謎が、読者にとっては第二第三の関心事となるように、著者は物語を転がしている。なんと巧みなことか。しかも副店長の悪事が読者にはなかなか明かされないので、二つのストーリーが後半で交わり、エリスがなにか動いていることは読者にも見えてくるのだが、それでもエリスが何を企《たくら》んでいるのかがわからない。現在進行形の謎が最後の最後まで続くのである。副店長の一人称描写も効果的に活かされた上質な短篇で、新鮮な読書を愉しめる。

また、このCase 2において、以降の短篇でも重要人物となる警察官が登場している点も見逃せない。Case 1でエリスの基本形を読者にできるだけ簡潔に示した上で、Case 2では展開を変奏し、しかも後半への布石として新たなキーパースンを登場させる。やはり巧みだ。

第三話となるのが「Case 3　潜入」。当然のように著者はここでも新たなパターンを用意する。

依頼は明確だ。早乙女という人物が、強制わいせつ事件の犯人だという確たる証拠を見つけてほしい、という依頼である。依頼人は、この早乙女が小児性愛者であると疑っているのだが、国会議員の息子であり、強力な弁護士もついていることから、決め手がつかめない状態だった。そこで、エリスの力を借りようと考えたというのだ。

かくしてエリスが調査に乗り出す――というようなシンプルな展開を、三日市零は用意しない。なんと、メープルが早乙女の勤める塾への潜入捜査を申し出るのである。ここに至って、小学四年生の秘書役、という設定を活かしてくるのである。もはや、新人離れした技量と驚くというより、〝やっぱり三日市零、さすがだ〟と感じてしまう。ちなみにCase 3はまた、シンプルかつ強烈な驚愕《きょうがく》を備えた一篇でもあるので、そちらも愉しまれたい。

最終話が「Case 4　同類」。味亭太なる暴露系アカウントのせいで娘が殺されたという母親が、今回の依頼人。エリスは、誰が味亭太なのかを探ることになる。スタイルとしては〝犯人捜し〟だ。いうまでもないが、本書では初めてのスタイルである。容疑者として三人の人物が浮かび、エリスはCase 2で登場した警察官と協力しながら真相究明をすすめる。その詳細はここには記さないが、しっかりと理詰めの推理が繰り広げられるので、そうしたミステリもこの著者は書けるのだと思い知らされる。

そしてこの最終話では、他の三つの短篇よりも色濃く、〝正義〟〝復讐〟に関するエリスの考えが語られる。もちろん、短篇の展開と表裏一体となるかたちでだ。読者にも、それらについて深く考えさせる内容となっており、また、主人公エリスの人としての存在も深く感じられる描写もあり、一冊の本を締めくくるに相応《ふさわ》しい短篇である。

ここまでそれぞれの短篇の技量を中心に語ってきたが、エリスやメープルはもとより、彼等が関わることになる人物たちの造形もなかなかに達者である。Case 1の依頼人、Case 2の副店長、Case 3のキーパースン、さらに各篇に登場する警察官たち、それぞれに確かに生きている人物として物語のなかでしっかりと動いているのだ。復讐が完遂される痛快さや、あるいは、復讐という行動が備える苦さが読者の心にきちんと伝わってくるのは、登場人物たちが存在感を示しているためでもある。こちらの面でも三日市零、抜かりはない。

■エリス

さて、本作は、『このミステリーがすごい！』大賞への応募時点では、「ゴールデンアップル」という題名であった。本書を読み終えた方ならば、この題名の意味を明確に理解されるだろうし、また、そこにセンスを感じるであろう。とはいえ、書店に並んだときのことを考えると、現在の題名の方が手に取りやすいのは間違いない。しかしながらこのまま埋もれさせるには惜しいので、「ゴールデンアップル」であったことをここに書き留めておく。

センスという観点では、節目でのセリフの使い方も優れている。各篇のラストでのエリスのセリフ、あるいはここぞという場面で放たれる「ショーマストゴーオン」というセリフ、これらが実に冴《さ》えているのだ。しかも、同じセリフであっても、使い方に変化を持たせている。これもまた著者の才能の証明だ。

そしてその最後の最後のセリフを読むと、読者としては、エリスとの再会をどうしても期待してしまう。どうかその願いが叶《かな》ってほしい——そう思わせる上々のデビュー作だ。

『このミステリーがすごい！』大賞においては、「隠し玉」としてのデビューから、大きく羽ばたいていった先輩たちは少なくない。作品が映画化されたり、シリーズ化されて人気を博したり、他社からも次々と作品を刊行したり、といった活躍を遂げているのである。例えば、上甲宣之《じょうこうのぶゆき》、高橋由太《たかはしゆた》、七尾与史《ななおよし》、岡崎琢磨《おかざきたくま》、矢樹純《やぎじゅん》（推理作家協会賞受賞）、山本巧次《やまもとこうじ》、志駕晃《しがあきら》、などなど。三日市零にも、その芽を感じるのである。続篇（解説者の勝手な期待だが）を含め、是非、著者の今後に御注目戴《いただ》きたい。


（二〇二三年五月）

宝島社
文庫

復讐は合法的に
（ふくしゅうはごうほうてきに）

2023年7月20日　第1刷発行
2024年5月21日　第7刷発行

著　者　三日市零
発行人　関川 誠
発行所　株式会社 宝島社
〒102-8388　東京都千代田区一番町25番地
電話：営業 03(3234)4621／編集 03(3239)0599
https://tkj.jp
印刷・製本　中央精版印刷株式会社

Printed in Japan
ISBN 978-4-299-04481-5